DIE VAN DIE VAN U

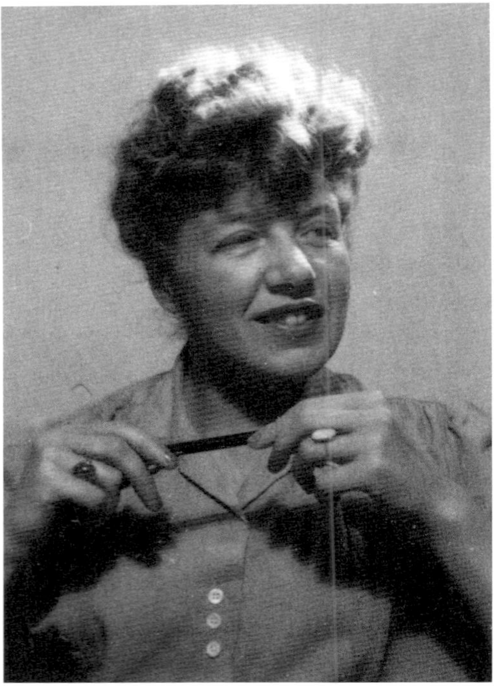

Deze uitgave is tot stand gekomen mede dankzij de collegiale medewerking van uitgeverij Querido.

Annie M.G. Schmidt

Die van die van u

Uitgeverij Van Oorschot
Amsterdam

1947–1950

Aan een klein meisje

Dit is het land, waar grote mensen wonen.
Je hoeft er nog niet in: het is er boos.
Er zijn geen feeën meer, er zijn hormonen,
en altijd is er weer wat anders loos.

En in dit land zijn alle avonturen
hetzelfde, van een man en van een vrouw.
En achter elke muur zijn and're muren
en nooit een eenhoorn of een bietebauw.

En alle dingen hebben hier twee kanten
en alle teddyberen zijn hier dood.
En boze stukken staan in boze kranten
en dat doen boze mannen voor hun brood.

Een bos is hier alleen maar een boel bomen
en de soldaten zijn niet meer van tin.
Dit is het land waar grote mensen wonen...
Wees maar niet bang. Je hoeft er nog niet in.

De broodjesman

'k Zie de hele dagen maar kauwen,
allemaal meneren en mevrouwen,
allemaal kadetjes met rauw gehakt.
De ene eet netjes, de andere smakt.
Of ze nou Jansen of Pietersen heten
ze motte eten.

Kijk, die meneer, die daar aan 't kauwen is,
komt regelrecht van een begrafenis:

(Meneer kauwend:)
Een groot verlies, al had ie z'n gebreken.
Een groot verlies, ja, ja, ik meen het echt.
En onverwachts, hè, niet goed uitgekeken.
Hij kwam zó onder bus H terecht.
'k Heb ook nog een klein woordje mogen spreken.
Ik heb niks van die vrouw van 'm gezegd.
Nee zeg, nee, daarvoor heb ik te veel tact.
Geef mij nog maar een broodje rauw gehakt.

'k Hoor het allemaal even an.
Ik ben maar de broodjesman
en ik zeg zo nu en dan:
Broodje halfom, dat is het leven,
tikkie mosterd en een scheut azijn.
't Kan niet altijd rosbief wezen,
mag het cervelaatworst zijn?

En hij, die daar een broodje pekel eet,
dat is de man, die alles zo goed weet

(Meneer kauwend:)
Let op, meneer, dat zijn die hoge heren
en doe d'r is wat tegen, as je durf.
Ze moste mij maar is laten regeren.
Kijk uit, meneer, mij krijgen ze niet murf.

Nou zitten ze met de gebakken peren.
Haal uit je winst, nou allemaal de schurf.
Corrupt meneer, alles corrupt, meneer,
geef mij nog maar een broodje heen en weer.

'k Hoor het allemaal even an.
Ik ben maar de broodjesman,
en heel hartelijk zeg ik dan:
Broodje halfom, zo is het leven,
neemt u dat nou rustig an van mijn.
't Kan niet altijd hamspek wezen,
mag het cervelaatworst zijn?

En die meneer, met mayonaise-sla,
die komt zoëven uit de opera:

(Meneer kauwend:)
Ha ha, daar zijn we dan, genavond samen.
Zo zo, hier wordt het mensdom dus gevoed.
Nou zeg, het was fantastisch, La Bohème.
Die Mimi, zeg, wat was die Mimi goed.
En die andere, eh, die andere dáme,
die met die kantjes aan d'r ondergoed.
Ze sterft zo prachtig hè, pas op, je morst.
Geef mij nog maar een broodje warme worst.

'k Hoor het allemaal zo es an.
Ik ben hier de broodjesman,
en heel vriendelijk zeg ik dan:
Broodje halfom, dat is het leven,
neemt u dat nou rustig an van mijn.
't Kan niet altijd rosbief wezen,
mag het cervelaatworst zijn?

Cocktailparty

Daar zit de vrouw van de fabrikant
met veel briljanten van voren
en ook briljanten aan haar hand
en in haar oren.

En om haar hals een parelcollier
en om haar mond verdriet.
Hij zal wel weer op reis zijn want
hij is er niet.

En al die echte stenen zijn
de schuldgevoelens van haar man,
allemaal stukjes schuldgevoel
heeft zij an.

En als hij thuiskomt, krijgt ze weer
een bloedrobijn, of iets van bont,
nog meer briljanten om haar hals,
meer verdriet om haar mond.

Dat grote ei

Wie heeft dat grote ei gelegd? zei Hannekedoe de haan.
Wie heeft dat grote ei gelegd? Wie heeft dat toch gedaan?
Heb jij dat ei gelegd, Cato? Of jij, Marie? Of Kee?
De kippen keken heel verbaasd en zeiden allemaal: Nee,
wij leggen wel ereis een ei, maar niet zo vreselijk groot,
we zouden het niet kunnen ook, al sloeg uwé ons dood.

Kom, kom, zei vader Hannekedoe en trok een streng gezicht,
een ei wordt altijd eerst gelegd, voordat het ergens ligt!
Dus iemand heeft dat ei gelegd, of is het een ei van de koe?
Of is het een ei van de olifant, zei vader Hannekedoe.
Of is het een ei van een kangoeroe, of is het een ei van de struis?
Of is het een ei van de locomotief, of is het gewoon een abuis?

Toen zei de kip Cato verlegen: Zusterkens, vooruit,
we gaan er maar op zitten en dan komt er wel wat uit,
misschien gewoon een veulentje, of anders een busje vim.
Toen klommen ze allemaal op dat ei, het was een hele klim.

Daar zaten ze met z'n allen, zeven kippen op een ei
en Hannekedoe de haan, die klom er zelf persoonlijk bij.
Ze gingen zo gezellig aan het broeden, alle zeven,
maar na een uur zei Hannekedoe: Het gaat een beetje kleven...

En toen, na nog een uurtje zitten kregen ze 't in de
gaten.
Ze merkten dat ze aan elkander vastgesmolten
zaten.
Ze sprongen op en zagen dat het ei geen ei meer
was,
daar stonden ze verdrietig in een kleverige plas.

Het was een suikerei geweest, wie had dat nu
gedacht,
een suikerei, dat gisteren door de bakker was
gebracht.
En Hannekedoe de haan heeft toen alleen nog
maar gezegd:
Het is Geen Goeie Kip geweest, die zo'n ei heeft
gelegd.

En nu de natuur in

Sinds ik studeer (ja het is zo, ik studeer!)
zie ik de natuur met wetenschappelijke ogen.
Ik *zie* veel meer, en ik *ontdek* veel meer.
Maar daarvoor ben ik dan ook biologe.
Kijk, larfjes van de Hepiopelmus!
Een snuittor en een aardvlooi en een hommel.
’t Zijn van die allerliefste schepseltjes.
Ik vang ze en ik doe ze in een trommel.
Ik voel me één met de natuur, ja *één*,
één met de worm, één met de engerlingen,
één met de paardenhurk (ga van mijn been),
één met de... kom hoe heten ze, ze springen!
Nee, dat bedoel ik niet, die heb ik thuis,
van zulke grote zijn het, ’k heb er elf.
Ik heb ook wantsen en één klederluis,
het zijn ook creatuurtjes, zeg nou zelf.

O, kijk wat een merkwaardig insekt.
Wat zou dat voor een insekt wezen?
Het is vliesvleugelig...
Geleedpotig... ik heb het, een vlieg!

Dansje:
Hoe lieflijk is de waterluis, de waterluis, de waterluis,
de sprinkhaan en de ribbelmuis,
alles wat zo groeit in de natuuuuur.

O, kijk daar eens, het eerste bilzekruid,
dat heeft zo’n eigenaardig liefdesleven...
– staat in dat boek – nou ’t ziet er niet naar uit,
misschien in het geniep, zo ’s avonds even.
Dat liefdesleven is wel praktisch, heur!
Zo hygiënisch hè! bij al die planten.
Bestuiving basta, en dan geen gezeur,
wat is dat een verschil met oom en tante.
O! Dolle kervel! O, wat is die dol!

Ik houd toch zo van al die veldgewassen.
En wilde zwezerik, mijn gemoed loopt vol.
Ik voel me één met al die wilde grassen!
En guichelheil! warempel kijk eens gauw.
Dat tiert hier welig, nee dat weelt hier tierig...
Dat wiert hier telig, kom wat is het nou?
O, nee hoor, ik bedoel, dat teelt hier wierig...

Och kijk eens wat een beeldig plantje.
Wat zou dat voor een plantje wezen?
't Is na... pardon, naaktzadig,
't is vergroeidbladig.
Ik heb het... het is netelroos.

Dansje:
Hoe lieflijk is de guichelheil, de guichelheil, de guichelheil,
de gagel en de geitekwijl,
alles wat er bloeit in de natuuuuuur!

O, kijk die wijfjesspin daar op die muur!
Ze is bezig met haar mannetje op te vreten.
Hoe mooi is dat, hoe wijs is de natuur.
Ik krijg zo'n trek, ik heb weer niets te eten!
O, kijk een donderbolk, waar blijft ie nou?
Daar vliegt ie, o, nou is ie weer verdwenen!
O, jee, nou zit ie in uw haar, mevrouw.
Pas op! Hij legt zijn eitjes tussen tenen!
O, kijk eens hier op deze groene spriet
en kijk eens hier en daar en hier, en oooooo kijk daar es,
dat lijkt wel een garnaal, dat kan toch niet,
of is het een rhinoceros vulgaris?
Daar zwermt de bijenkoningin, kijk daar,
ze is aan het zwermen met haar bruidegommen.
Allemaal darren! Hoe krijgt ze het voor elkaar?
Bij ons zou je daar niet om moeten kommen!

O, maar daar is de bijenkoningin,
en daar heb je de hele zwerm ook...
Au! Au! Hoeiiii Au!

Het fluitketeltje

Meneer is niet thuis en mevrouw is niet thuis,
het keteltje staat op het kolenfornuis,
de hele familie is uit,
en het fluit en het fluit en het fluit: túúúút

De pan met andijvie zegt: Foei, o, foei!
Hou eindelijk op met dat nare geloei!
Wees eindelijk stil asjeblief,
je lijkt wel een locomotief.

De deftige braadpan met lapjes en zjuu
zegt: Goeie genade, wat krijgen we nu?
Je kunt niet meer sudderen hier,
ik sudder niet meer met plezier!

Het keteltje jammert: Ik hou niet meer op!
Het komt door m'n dop! Het komt door m'n dop!
Ik moet fluiten, zolang als ik kook
en ik kan het niet helpen ook!

Meneer en mevrouw zijn nog altijd niet thuis
en het keteltje staat op het kolenfornuis,
het fluit en het fluit en het fluit.
Wij houden het echt niet meer uit... Jullie?

Gerritje Brandt

Gerritje Brandt zit aan het spinet
zo omstreeks zeventienhonderd.
In deze museumzaal hangt haar portret
in een hoekje, wat afgezonderd.

Als niemand het ziet, blijf ik vóór haar staan
en glimlach en groet haar even.
En vraag: hoe is het met jou gegaan,
Gerritje Brandt, in jouw leven?

Zij glimlacht terug en zwijgt weliswaar,
maar is me niet ongenegen.
En dan na een poosje zie ik haar
ademen en bewegen.

Ik zie hoe ze woont in de Spieghelstraat
in een van die deftige huizen.
Hoe ze met klikkende hakjes gaat
over de grote plavuizen.

Bedrijvig de grote keuken bestiert
met allemaal koperen dingen,
en hoe ze Driekoningenavond viert
met spelen en eten en zingen.

Misschien was het leven een beetje saai,
maar ze had tijd om te dromen.
Ze hoefde nooit door het stadslawaai
te jachten om ergens te komen.

Ik voel me een beetje aan haar verwant
en zou even bij haar willen schuilen.
Ben ik jaloers op Gerritje Brandt?
Wij kunnen nu toch niet meer ruilen.

Haar vaders koetsier

Zij zit op een sofa in 't grafelijk slot
gedurig weg te kwijnen.
Stil slaat zij de Sèvres-glazen kapot
en bijt in de beige gordijnen.
Soms wandelt zij wild door de oprijlaan
van 't grafelijk beukenbosje.
Dan jammert zij luidkeels en traan op traan
besproeit haar zilveren broche.

O, welk een gemier.
Zij mint haar vaders koetsier.

Haar vader beziet met heraldische blik
haar adellijke taille.
En zegt: 'Al wie minder in stand is dan ik
is mijns inziens een canaille.
Doe daadlijk je duurste keurslijf aan,
zit niet zo commun te kniezen,
je zult naar 't naburige graafschap gaan,
daar ritselt het van de markiezen.'

O, welk een gemier.
Zij mint haar vaders koetsier.

Zij perst zich wenend in een korset,
poetst haar tanden in een nevel.
Dan kruipt zij weemoedig onder haar bed
en denkt aan zijn rossige knevel.
Dan hoort zij plots in de oprijlaan
het Largo van Händel fluiten.
Zij komt onder het ledikant vandaan
en kijkt reikhalzend naar buiten.

O, welk een gemier.
Zij mint haar vaders koetsier.

Daar ziet zij haar zwaarbeminde proleet
op de bok van de equipage.
Zij springt met een tamelijk rauwe kreet
uit het raam van de vierde etage.
Zij valt met een dreunende slag op zijn hoed
en beiden zijn dood en verpletterd.
De equipage ziet rood van het bloed
dat kwistig naar buiten toe spettert

O, welk een gemier.
Zij minde haar vaders koetsier.

Haar vader snelt toe in satijnen hansop,
versierd met het graaflijke wapen.
Hij belt meteen zijn rentmeester op
en zegt: 'Laat die lijken oprapen.'
Een grillige straal van het maanlicht treft
zijn door smart gebogen gestalte.
En wat de equipage betreft,
die wordt chemisch gereinigd bij Palthe.

O, welk een gemier.
Zij minde haar vaders koetsier.

Herinnering

Ik heb jou eens ontmoet in achttien zeven
of achttienhonderd acht, zo ongeveer;
in elk geval was 't in een vorig leven,
en aan je ogen kende ik je weer.

We waren toen ook twintig en ik zag je
in 't roefje van de schuit naar Overschie.
Je hebt nu weer precies hetzelfde lachje,
alleen zit je nu naast me in lijn drie.

Je bent wel erg veranderd in die jaren;
je droeg toen niet zo'n blauw confectielor,
je had een kniebroek aan en lange haren;
je had nog een geweten en een snor.

En ik... ik droeg een luifelhoed met rozen...
Ik sloeg m'n ogen aldoor zedig neer.
Ik had mitaines aan... en kon nog blozen.
Dat kan ik nu helaas sinds lang niet meer.

Is er dan niets hetzelfde gebleven,
ja toch, die kleine primula's in 't groen!
En ook die ene zeemeeuw is nog even
statig en zilverwit en rank als toen.

Wat doet het er dan toe of alle dingen
veranderd waren en wijzelf het meest,
jouw ogen en de geur van de seringen
zijn altijd door hetzelfde geweest.

Adieu, tot over honderd zoveel jaren,
dan zit ik naast je in de stratosfeer.
Je beeld kan ik zolang niet meer bewaren,
maar aan je ogen ken ik je wel weer.

De koning wou gaan schaatsenrijden

Er was een oude koning en zijn naam was Isidoor,
die wou gaan schaatsenrijden, in de tijd dat het nog vroor.
De zon scheen en het ijs was glad, er was maar één verdriet:
De koning kon niet rijden, neen, de koning kon het niet.
Toen liet hij zich maar dragen door twee deftige lakeien,
(die heb je, als je koning bent, de meeste tijd wel bij je).
En die twee konden schaatsenrijden, zó verbazend vlug!
Dat ging van *zwiet* naar links en *zwiet* naar rechts, en dan weer t'rug.
Ze reden langs de wallekant, ze reden op de sloot,
de koning was goed ingepakt, alleen zijn neus was bloot.

Nu zijn lakeien altijd hele deftige meneren...
(Ze mogen blijven kijken, als de koning gaat souperen.)
En deze twee, die waren deftig, déftig, lieve tijd,
ze reden met hun neuzen in de lucht van deftigheid.
Ze keken niet opzij, die twee, ze keken ook niet om,
ze keken ook niet naar het ijs, dat was een beetje dom,
ze reden met hun neuzen in de lucht en keken strak,
en toen en toen, daar heb je 't al, daar heb je 't al: het wak...

Er kwam een plons, een reuzeplons, de eerste reed erin,
hij zakte loodrecht naar benee, precies tot aan zijn kin.

De draagkoets schoot er overheen. De achterste lakei
viel ook weer regelrecht in 't wak. Hij kon er net nog bij.
Alleen de koning in zijn koets stond eenzaam op het ijs,
en schreeuwde: Help, een ongeluk! O, help mijn twee lakeis!
(Hij wou lakeien zeggen maar hij was zo overstuur.)
Gelukkig kwam er hulp, jawel, er was een boerenschuur,
daar kwamen toen twee boeren uit, ze hadden lange stokken,
ze hebben die lakeien aan hun pruik eruit getrokken.

Daar stonden ze, ze waren nat, en helemaal niet deftig.
Het is je eigen schuld, zo zei de koning, wel wat heftig.
Ze kregen baaien broeken aan en reden alle twee
de hele weg naar huis toe met hun neuzen naar benee.

En dit was de geschiedenis van koning Isidoor,
en als je 't niet geloven wil, dan laat je het maar, hoor!

De kraai in de zilveren kooi

Er was eens een kraai, die praten kon.
Hij zat in een zilveren kooi.
Hij zei: Ziezo en hij zei: Pardon
en: Erretesoep en Nachtjapon.
Wat praatte die kraai toch mooi, oh!
Wat praatte die kraai toch mooi.

Hij trok met zijn baas door de ganse stad.
Die baas was een man met een baard.
De kraai zei: Fiets en hij zei: Dag schat.
De mensen riepen: Wat énig is dat.
Die kraai is een dubbeltje waard, oi!
Die kraai is een dubbeltje waard.

Dat hoorde de graaf van Hoitierelier.
Hij was een nieuwsgierig man.
Hij sprak: Parbleu, een keuvelend dier?
Ik wens deze kraai ogenblikkelijk hier,
ik wil wel eens zien wat hij kan, pah!
Ik wil wel eens zien wat hij kan.

Daar kwam dus de kraai met kooi en al.
Zo zo, zei de graaf, ahá!
Wat mij betreft, steek nu maar van wal.
Ik ben zo benieuwd, wat ie zeggen zal!
Maar de kraai zei geen boe en geen ba, nee!
De kraai zei geen boe en geen ba.

Hij keek naar de graaf op z'n dooie gemak.
Hij keek er het moois van af.
Toen deed hij zijn snavel open en sprak
alleen maar de woorden: Kale kak
en toen zweeg hij weer als het graf, oh!
En toen zweeg hij weer als het graf.

Dat was niet zo mooi, dat was niet zo mooi
voor de baas, de man met de baard.
Hij wachtte maar niet op zijn dubbeltje fooi,
hij vluchtte maar gauw met de kraai in z'n kooi
en de graaf was totaal van de kaart, ja!
De graaf was totaal van de kaart.

Krach durch Freud

'k Ga naar mijn psychiater, ik heb weer zo iets geks:
'k heb hier een complex en 'k heb daar een complex.
'k Heb last van al mijn infantiele driften,
die zijn weer binnenin me aan het schiften.
Kent u mijn dokter Jansen? Die is toch zo goed!
Zalig, zo als hij in mijn onbewuste wroet.
In mijn kring is het mode. Iedereen
heeft of een vaderbinding, of is schizofreen.
Wat zou er nu met mij zijn, och nou ja...
't Is duidelijk, nietwaar, ik heb een trauma.

Margootje mijn vriendin, die werd als zuigeling
gekieteld door de leider van een zangvereniging.
Nu heeft ze last van afgeremde lusten
en dan die leider in haar onbewuste!
Ze sublimeert vrij aardig, maar o, die Margo...
Anima en zo, en propvol Libido!
Telkens gaat ze naar een psychiater
en zingt maar steeds van: alle eendjes zwemmen in
het water.
Voelt u de symboliek? Om van te blozen.
Het is duidelijk, nietwaar: zangneurose.

Mijn beste vrind André kreeg als prille knaap van
twee
zo'n vreselijke schok door zijn tantes negligé.
Die tante is nu in hem gefixeerd,
hij heeft het mens nooit afgereageerd,
hij heeft dat negligé maar steeds verdrongen.
Hij stikt er bijna in, die arme jongen.
Hij droomt, ik durf het haast niet te vertellen,
dag en nacht van roze petroléumstellen
En vraagt zijn pa aan tafel gewoon de appelmoes...
dan zegt hij grrrkkk! U voelt het al... Œdipus...

Wij gaan met Freud naar bed en wij staan met
Freud weer op.
We zijn om 't and're jaar in analyse.
Wij giechelen ons dood om het woordje tafelpoot.
We kennen de symbolen, ook de vieze.
Wij kunnen ons een trauma permitteren,
dat is in onze kringen hét.
We zijn gespleten dames en heren.
We staan met Freud op en we gaan met Freud naar
bed.

Leeszaal

Ik ben een god in 't diepst van mijn gedachten,
maar in de bibliotheek een volontair
die hunk'rend op een baantje zit te wachten
en boeken uitleent met een zeker air.

Ik lever geest'lijk voedsel aan mevrouwen
die binnenkomen en alleen maar van
de allernieuwste liefdesboeken houen,
'maar niet zo'n engerd als die Wassermann'.

Ik loop met stapels boeken rond te sjouwen
en plak een etiket op Gorters *Mei*.
Och, als nu juffrouw Jansen eens ging trouwen,
dan kwam er eind'lijk eens een plaatsje vrij.

Ik ben het niet alleen, die staat te wachten
en achter me staat nog een hele rij.
Ik ben een god in 't diepst van mijn gedachten,
maar niet zo heel veel in de maatschappij...

Mr. Van Zoeten

Meester Van Zoeten
waste zijn voeten
zaterdags in het aquarium.
Onder het poedelen
zat hij te joedelen
't liedje van hum-tiedelum-tiedelum!

Had hij geen tobbe
om zich te schrobben?
Had hij geen badkamer, had hij geen kom?
Zeker, dat had ie.
Wel, waarom zat ie
in dat aquarium dan, waarom?

Hij kan zijn vissen
geen ogenblik missen!
Meester Van Zoeten is dol op zijn vis.
Iedere zaterdag,
is het zoet-waterdag,
je moest eens weten, hoe enig dat is!

'k Kan me vergissen,
maar raken die vissen
soms niet een tikkeltje uit hun hum?
't Zal toch wel moeten,
als meester Van Zoeten
altijd daar zit in 't aquarium!

Mocht je 'm ontmoeten,
doe hem de groeten,
zaterdags in zijn aquarium.
Onder het wassen
en onder het plassen
zingt hij van hum-tiedelum-tiedelum.

Mijn kralen

Ik ben een ketting van mevrouw Van Dalen
en ik besta uit honderd groene kralen,
zorgvuldig aangeregen tot een snoer.
Zij draagt mij ied're dinsdag op haar jour.

Zij laat mij koel en nonchalant bij tijden
een korte poze door haar vingers glijden.
Mevrouw, al zijn uw vingers kort en dik,
ik ben een groen en honderdvoudig IK.

Volmaakt gelukkig in mijn groene wezen,
een enkele gedachte doet me vrezen:
het snoer dat mij verbindt is dun en strak,
hoe zou het met me zijn, indien het brak?

Mijn kralen zouden elk een kant uit vallen,
in welke kraal moet ik mijn Ikheid stallen?
Mijn gave enkelvoud was dan voorbij,
ik werd een groen en honderdvoudig WIJ.

Thans ben ik nog een snoer van honderd kralen
en bid u nederig, mevrouw Van Dalen:
speel rustig voort met dit, uw kralensnoer,
maar wees voorzichtig met mij, op uw jour.

Mijn oom

Mijn oom is uit nieuwsgierigheid gestorven,
hij vroeg zich af wat men hem hierna bood.
Hij kon niet langer wachten, op een morgen
was hij dood.

Tevoren zwoer hij bij mij te zullen komen
gezuiverd van der aarde lust en nijd,
om mij te duiden wat de macht hierboven
hem had bereid.

En op een avond, wel wat ongelegen,
toen ik bij vruchtenwijn en vrienden zat
(wij speelden bridge, en ik had juist gegeven)
verscheen mijn oom door 't sleutelgat.

Ik vroeg hem fluisterend, om niet te storen,
of hij het prettig vond om dood te zijn.
Hij schudde wat ter hoogte van mijn oren
zijn hoofd had kunnen zijn.

Mijn partner, ongeduldig, bood twee ruiten.
Ik moest mijn oom helaas weer laten gaan.
Ging hij weer door het sleutelgat naar buiten?
... Ik neem het aan.

Monsieur Maurice

Ik ben monsieur Maurice, coiffeur.
Dat staat met gouden letters op mijn deur.
Ik ben grand artiste in de haute coiffure.
Dat is gewoon een kapper, maar een hele dure.
Ik ben verschrikkelijk en vogue.
U kunt bij mij terecht, als u maar dok.
De haute volée uit Nice komt bij mij om advies.
Ik ben monsieur Maurice.

Ik ben zo geoccupeerd, och als u dat eens wist:
masseur, coiffeur, schoonheidsspecialist.
Intieme raadgever van alle vrouwen,
typisch nietwaar, zoals ze mij vertrouwen:

'Monsieur Maurice, moet u eens even horen,
ik ben verschrikkelijk upset.
De slag is er weer bij mij uit van voren,
die was er toen zo stevig ingezet.
Ik *moet* iets hebben om het op te vullen,
een golf alleen is heus een beetje iel.
Wat denkt u van een vlecht en losse krullen?
Zou dat het doen bij mijn profiel?'
'Mevrouw, uw neus is ietsje te gebogen.
Ik geef u liever maar opnieuw een slag.
Blijft u nog even tien minuten drogen.
Ik zal wel zeggen als u opstaan mag.'

O, wat was het makkelijk, toen ik nog barbier was
in het kapperszaakje bij de Magerebrug,
toen het haren knippen nog een groot plezier was,
nooit, nooit komt die tijd terug.
Scheren meneer,
mes goed meneer,
dag meneer,
tot de volgende keer.

De afdeling schoonheidsmassage,
dat is wel momenteel de grote rage.
Om halftwee komt freule de Bruyère,
die aan te volle slankheid lijdt.
Zij is een wandelende frigidaire,
of er een sorbet door je handen glijdt.
Ik moet mevrouw Van Knottenbelt nog kneden,
die komt zo om een uur of kwart voor drie.
Haar avant-cœur helt ietwat naar beneden,
dat wordt dan opgevijzeld, hè, compris?
Zo komt er iedere dag een hele horde
van lieve dames, allemaal te dik.
Je kunt veel beter beeldhouwer worden,
die heeft het veel eenvoudiger dan ik.

O, wat was het makkelijk, toen ik nog barbier was
in het kapperszaakje in de Halvemaansteeg,
in dat kleine winkeltje, waar zoveel vertier was,
waar ik nooit een dame onder handen kreeg.
Scheren meneer,
knippen meneer,
mooi weer meneer,
pot voor meneer.

In de Beauty Parlour wordt het menes,
de dame met het chow-chow-gezicht
wordt binnen het kwartier een blonde Venus,
alleen bij heel heel erg getemperd licht.
Mevrouw De Bruin is dol op maquillage,
mevrouw De Bruin gelooft mij prompt
al smeer ik pindakaas op haar visage,
als het maar uit een dure tube komt.
Ik maak een schilderij van alle vrouwen,
verleidelijk van kleur en lijn,
maar als je ze nauwkeurig gaat beschouwen,
dan blijken het Van Meegerens te zijn.

O, wat was het makkelijk, toen ik nog barbier was
in het kapperszaakje bij de Magerebrug,
toen het haren knippen nog een groot plezier was,

nooit, nooit komt die tijd terug.
Scheren meneer,
mes goed meneer,
dag meneer,
tot de volgende keer.

Ik ben monsieur Maurice, coiffeur.
Dat staat met gouden letters op de deur.
Ik ben grand artiste in de haute coiffure.
Dat is gewoon een kapper, maar een hele dure.
Ik ben verschrikkelijk en vogue.
U kunt bij mij terecht, als u maar dok.
De haute volée uit Nice komt bij mij om advies.
Ik ben monsieur Maurice.

De mysterieuze

En dit is dan de vrouw, waarvan men zegt:
zij is zo mysterieus. Zij is het type
waarvoor een man, hoe wijs ook, toch weer vecht.
Waarom? Ik weet het niet. Zij heeft dat diepe.

Zij zegt: de mist is weer bijzonder dik –
gewoon, wat u en ik ook wel eens zeggen...
Zíj zegt het anders, 't zit hem in haar blik,
daar weet ze iets heel mistigs in te leggen.

Zij heeft het makkelijk, zo al met al,
ze hoeft geen Leibniz en geen Kant te lezen!
'Achter haar ogen sluimert het heelal...'
zeggen de mannen. 't Zal dus wel zo wezen.

Zij inspireert een man, door niets te doen,
te zwijgen en desnoods in slaap te vallen.
Hij glimlacht en hij ziet Het Visioen
en hij vermoedt in haar wel zes heelallen.

Maar in zijn pedicure, juffrouw Hof,
die met de bril en met katoenen benen,
vermoedt hij niets, al zwijgt ze als een mof,
al valt ze bots in slaap boven zijn tenen.

Vergeef het mij, ik weet het zelf wel, neus:
dit werd mij door rancune ingegeven.
En was ik zelf een tikje mysterieus,
ik had dit nooit en nooit geschreven

De oren van koning Maggelhaan

Moet je horen! Moet je horen!
Koning Maggelhaan z'n oren
groeien en groeien en groeien en groeien.
O, ze worden zo groot als koeien,
nee, zo groot als stoomturbines,
nee, zo groot als vliegmachines!
's Morgens vroeg aan het ontbijt
komt Marie, de keukenmeid,
om met grote sterke touwen
die twee oren op te houwen,
anders vallen ze in de boter.
Ach, ze worden al groter en groter,
groter en groter en langer en langer,
en de koning wordt ál banger.

Als hij rijdt in 'n vigilante
steken zijn oren aan beide kanten
uit de ruiten, uit de ruiten,
ja, zijn oren steken erbuiten.
Naast het majesteitelijk bed
zijn twee kasten neergezet,
juist, voor ieder oor een kast,
o, er zit zoveel aan vast.

Als dat nu zo door moet gaan
met die koning Maggelhaan
is er nergens plaats meer voor,
alles zit al vol met oor.
Wie kan zich ermee bemoeien,
dat die oren niet meer groeien?
Niemand? Wel, als dat zo is
gaat het met die koning mis.

Plannen

Toen Adam zei: ‘’k Ga morgenochtend kropsla
poten,’
toen was dat dus het allereerste plannetje op aard.
Maar ja, toen Eva zei: ‘Ik heb toch eig’lijk liever
kroten,’
toen was dat eerste plannetje meteen al van de
kaart.
En sindsdien bleef het altijd zo met plannetjes
beramen,
de ene maakt een plan, de ander gooit het om,
alleen wanneer je samen doet, met duizend
mensen samen,
en als duizend mensen zeggen: Kom, we gaan eens

bruggen bouwen, wegen maken,
dijken leggen, haring kaken,
tunnels graven, land ontginnen,
steenkool winnen, garen spinnen,
dan gaat alles volgens plan,
wat een mens dan al niet kan.

Maar als ’t er meer dan duizend zijn die werken
aan die plannen,
en worden het er vijftig, zestig, zeventig miljoen,
dan komt er in een ander land altijd een groepje
mannen,
die zeggen: ‘Jongens, kijk nou eens wat zullie nou
weer doen!
Die bouwen daar die bruggen enkel om ons te
bedreigen.’
Ze schreeuwen ’t in de krant en door de radio,
en daar gaat iedereen dan weer de zenuwen van
krijgen
en alle and’re mensen roepen: o, we moeten

stelling nemen, linies maken,
bommen gooien, huizen kraken,
atomen splijten, mijnen leggen,
fosfor smijten, 'heil' gaan zeggen.
Dan gaat alles volgens plan,
daarom is het nou zo'n pan.

En daardoor vallen onze kleine plannetjes in 't water,
het plannetje van Mientje en het plannetje van Hein.
Je kunt niet zeggen: 'Ik ga in de levensmiddelen
later,'
je weet niet of er later nog wel levensmiddelen zijn.
Het beste plan is nog om niet zo gauw hoera te
schreeuwen,
al schreeuwt de wereld om je heen ook nog zo hard:
'Hoera!'
Het allermoeilijkste project van alle, alle eeuwen,
dat is om zelf te leren denken... tja, gewoon maar

wijzer worden, kritisch wezen,
niet zo kank'ren, Tolstoj lezen,
niet meer bang zijn, niet zo dringen,
kropsla eten, liedjes zingen.
Als je dat dan eenmaal kan,
ja, dan komt er nog wat van.

Het prenatale

Het doek is dicht, voor het doek staat een juffrouw

JUFFROUW
Ze hebben me nooit gevraagd, zo een dertig jaar geleden:
juffrouw, wilt u geboren worden, ja of nee,
'k heb eigenlijk nooit begrepen, waarom of ze dat niet deden,
en nu 'k er over nadenk, zeg ik: hee,
daar had toch iemand moeten zijn, daar in het prenatale,
een ambtenaar met vleugeltjes zo achter het loket,
die had gezegd:

Het doek gaat open

AMBTENAAR
Juffrouw wilt u op aarde nederdalen,
of blijft u voor de zekerheid maar liever in uw bed?

JUFFROUW
Tja, kijk eens hier, voordat 'k eraan begin,
wat houdt het in, meneer, wat houdt het in?

AMBTENAAR
's Kijken, vijf, zes, zeven, maart, april,
u wordt in mei geboren *ás* u wil.

JUFFROUW
Dus 't kan? Geboorte is nog niet beperkt?

AMBTENAAR
Ooo neee!
Maar ja, geboren worden is niet ieders werk.

JUFFROUW
En ik kan niet heen en weer? Zo als forens?

AMBTENAAR
Ga nou gauw weg, juffrouw, je loopt je lens.
Nou... als een mens geboren wordt, als regel,
krijgt ie een hokje en een stempel en een zegel.
Uw pa is... katholiek én al uw ooms,
dan blijft u wel uw hele leven rooms,
maar als uw pa p.g. is én uw tante,
dan blijft u meestal ook een protestante,
en als uw moe het over 'arepels' heeft,
dan eet u arepels zolang u leeft,
maar zegt uw moeder: 'toost en kaviaar',
dan eet u kaviaar, zo gaat dat daar,
en bent u per ongeluk neger of jodin,
dan negeren ze u het graf wel in.

JUFFROUW
Meneer, ik weet het, het is laf,
maar dan zie ik er liever van af.
Dag meneer.

AMBTENAAR
Dag juffrouw.

De juffrouw loopt weifelend weg, maar komt dan toch terug

JUFFROUW
Meneer, ik wou toch eigenlijk nog even informeren.

AMBTENAAR
Ja, wilt u nou geboren worden, ja of tenee?

JUFFROUW
Ik g'loof het wel, ik dacht, ik zou d'r iets van kunnen leren.

AMBTENAAR
En... onder welke invloedssfeer, er zijn er namelijk
twee.
Wat wilt u dus, het oosten of het westen?

JUFFROUW
Dat ligt eran, meneer, wat is het beste?
Is 't westen beter dan die and're kant?

AMBTENAAR
Ik ga niet stoken, dame, 'k ben geen krant.
In 't oosten staat een kerel met een pook.

JUFFROUW
In 't westen niet?

AMBTENAAR
Ja zeker, dame, ook.
Alleen die pook van 't westen is veel dikker,
maar hoe 't ook zijn mag, u krijgt op uw flikker.

JUFFROUW
Maar waarom hebt u dan hier dit bureau,
en waarom stuurt u ons? Dat risico...

AMBTENAAR
Ach, 't risico is niet zo geweldig,
kijk, uw retour is tachtig jaren geldig,
en komt er... nou... een middelgrote bom,
dan bent u voor die tijd al hier weerom.

JUFFROUW
Maar kan ik niet als eskimootje gaan?

AMBTENAAR
Dat kan juffrouw, dan eet u altijd traan.

JUFFROUW
Of als lieveheersbeestje misschien?

AMBTENAAR
Afdeling 'Kruipend'. Loket zeventien.

JUFFROUW
Wat moet ik dan meneer, zo al met al...

AMBTENAAR
Nou ja, 't heet niet voor niets een tranendal.

JUFFROUW
Meneer, het lijkt me een straf,
ik zie er maar liever van af.
Dag meneer.

AMBTENAAR
Dag juffrouw.

De juffrouw gaat langzaam weg

AMBTENAAR
Juffrouw nou u toch hier ben, mag u wel 's even
kijken,
u kunt over die schutting hier de hele wereld zien.

JUFFROUW
Ik vind het zo van boven af een grote kermis lijken.

AMBTENAAR
Och ja juffrouw, welja juffrouw, dat is het ook
misschien.
Die grote blauwe vlekken zijn de zeeën,
kijk hier de Alpen, daar de Pyreneeën.

JUFFROUW
De zon schijnt op de sneeuw, de bomen ruisen,
'k zie witte schepen op de meren kruisen.

AMBTENAAR
Dat is Parijs, die kleine lichtjes daar.

JUFFROUW
Kijk, de terrasjes op de boulevard.

AMBTENAAR
En daar, nee dame, daar... ligt Amsterdam,
kijk ginder rijdt de Haarlemse tram,
da's Scheltema, ze zitten weer te luieren.

JUFFROUW
O kijk die mensen over 't Damrak kuieren.

AMBTENAAR
Daar loopt uw pa... (ja, *ás* u wilt, juffrouw)
uw moeder wil wel, kijk es even... nou!

JUFFROUW
Ik hoor muziek, kijk bankjes in 't plantsoen,
meneer, meneer ik zal het toch maar doen.

AMBTENAAR
Die kant uit, dame.

De juffrouw neemt haar tasje en gaat hoopvol weg. De ambtenaar roept haar terug.

AMBTENAAR
Een ding moet ik u nog raden:
rem af bij spijkerpaden.

De slaapwandelende vorst

In San Carazzo woont een vorst,
die wandelt in zijn slaap.
Zo 's avonds laat om een uur of elf
dan wandelt hij uit zijn slaapgewelf.
Hij kan het niet helpen, hij zegt het zelf:
Ik deed het reeds als knaap.

Hij wandelt over de wenteltrap,
hij wandelt het dak op en neer.
Hij staat in de goot in zijn nachtgewaad
en iedere keer als de vorst daar staat,
dan zeggen de mensen beneden op straat:
De vorst! Hij doet het alweer!

Dan doet er geen mens een oog meer dicht,
geen mens in San Carazzo.
Ze staan maar te kijken, ze roepen niet: Hee!
Dat mag niet, dat mag niet, want als je dat dee,
dan viel hij misschien wel ineens naar benee,
pardoes op het terrazzo.

Gelukkig heeft hij een wijze vorstin,
die blijft dan ook altijd wakker.
Ze kijkt uit het raam van de ping-pong-zaal,
daar wandelt hij weer, haar heer gemaal.
Dan zegt ze: Het is weer de oude kwaal,
daar wandelt hij weer, de stakker.

Dan kamt zij haar lange gouden haar,
dan doet zij haar gouden peignoir an.
Zij roept aan de voet van de wenteltrap:
Amandeltjesrijst met bessesap!
Dan komt hij beneden, stap voor stap,
de vorst, en zegt slaperig: Waar dan?

Hij eet een bord vol amandeltjesrijst
en dan valt hij weer in slaap.
Maar eventjes mompelt de vorst dan toch:
Ik wandel 's nachts in mijn slaap, maar och...
Ik wandel op 't dak, nou wat dan nog?
Ik deed het reeds als knaap.

De snob

Ik dank de hemel voor het woord niveau,
want met dat woord kan ik me distantiëren.
Ik kan mij niet... dat is nu eenmaal zo...
met Jan en Piet en Klaas gaan occuperen,

want mijn niveau is steeds omhoog gegaan,
het is nu zoetjesaan zó hoog geworden:
Ik kan er zelf niet bij. Ik hang eráán!
Van uit die hoogte kijk ik op de horde.

En voor mijn naaste buurman voel ik niets,
mijn buurman mag dan nog zo'n nobel mens zijn,
mijn buurman heeft nog nooit gehoord van Keats,
ik ben geen snob, maar ergens moet een grens zijn.

Dat ik de dichter Piet persoonlijk ken
en zelfs twee worstjes met hem heb gegeten,
dat maakt dat ik iets heel bijzonders ben,
dat moet de wereld dan ook maar eens weten.

Voor ik iets mooi vind, kijk ik om me heen,
ik laat me niet ontroeren, voor het safe is.
Vindt Simon Vestdijk het ook mooi? O, neen?
Dan weet ik dus al zeker, dat het scheef is.

Ik word wél moe. Ik hang hier al zo lang.
Ik zou zo graag eens *Hollands glorie* lezen...
maar mijn niveau laat dat volstrekt niet toe,
dus moet het maar weer Joyce of Huxley wezen.

Tante en oom in Laren

Ik heb een tante en een oom,
die zitten in een eikeboom,
een eikeboom in Laren.
Ze hebben zelf, van eikehout,
daar in de boom een huis gebouwd,
ze wonen er al jaren.

Daar slapen ze dan en daar eten ze dan.
’t Is erg gezellig, dáár niet van,
zo vrij aan alle kanten!
Ze hebben geen buren met radio,
maar tante vindt het maar zo-zo.
Het is zo hoog, zegt tante.

Zij is nooit echt op haar gemak.
De kinderwagen hangt aan ’n tak
en dat is wel bezwaarlijk.
Ze zegt ook telkens tegen oom:
’k Wil liever in een lagere boom,
hier is ’t me te gevaarlijk.

Maar dan zegt oom: Och kom, och kom!
Een lagere boom? Wél nee, waarom?
We hebben hier alle gemakken.
De kinderen willen toch ook niet weg?
Het is nogal niet heerlijk, zeg,
dat klauteren in die takken!

Vind jij het net een vogelkooi?
Het uitzicht is toch prachtig mooi!
Jij moet ook altijd vitten.
En tante zegt: Nou ja, affijn,
als jij het zegt, zal ’t wel zo zijn,
dan blijven we hier maar zitten.

Dus woont mijn tante met mijn oom
nog steeds daar in die eikeboom,
ze zijn er erg tevreden.
Mijn oom haalt brood en komt weer thuis.
De kinderen klauteren rondom het huis
en nóóit valt er een naar beneden.

De tirannieke

Hij had het achteraf wel kunnen weten,
het was al zo op hun verlovingsdag.
Hij mocht zijn peer niet met een mesje eten,
nu is er helemaal niets meer wat mag.

Soms tracht hij zich nog wel eens voor te stellen
een huis waar hij zichzelf zou kunnen zijn,
een huis, dat niet zo om hem heen zou knellen
en zonder het geluid van: laat dat, Hein!

Zij stelt het uur van slapen en van waken,
zijn vrije tijd zit onder kippegaas
en 's middags in de vesting van zijn zaken,
daar eet hij schuw zijn broodje leverkaas.

Hun zoontje doet een poging om te leven,
maar stoot zijn hoofdje, telkens als hij groeit,
soms bot hij even uit. Het is maar éven...
het wordt onmiddellijk weer bijgesnoeid.

Zij zal nóg twintig jaren blijven bazen
en als het eindelijk gedaan zal zijn,
dan zal de wind uit richting Zorgvlied blazen
en duid'lijk hoorbaar zeggen: laat dat, Hein.

Tussen de regels door

Ja, laten we elkander goed begrijpen:
het is voorbij. Dit moet het afscheid zijn.
(Nu zal ik heel hard in mijn vingers knijpen,
dan doet het me van binnen niet zo'n pijn.)

Zie je, ik blijf er koel en nuchter onder.
Het is het beste, voor ons alle twee.
(Nu zit ik dus te wachten op het wonder
nu zul je opstaan, glimlachen... maar nee...)

Ik weet het immers wel, vandaag of morgen
wórdt het die kleine blonde. Zie 'k het goed?
(Ik zou haar langzaam, langzaam willen worgen,
liefst met de voile van haar eigen hoed.)

Wees maar niet bang, ik zal geen scènes maken.
Ik ben een cynische moderne vrouw.
(Maar heeft modern ooit iets met vrouw te maken
en dat cynisme van me... nou...)

Nou dág. Bekommer je niet té veel om me.
We zullen elk een and're kant uit gaan.
(Niet waar! Het kan niet waar zijn godverdomme,
ik hou van je, maar dat gaat je niet aan.)

Het Vondelpark

Ik heb haar ontmoet op het hoekje bij Sanders,
ze is... nou, ja... enfin... ze is ánders.
Ze hoort thuis op een plaatje van Watteau,
in roze en goud, weet u... net zo.
Ze is een herderinnetje uit een pastorale,
met zo'n meisje kun je geen grapjes uithalen.
En daarom zeg ik het dus maar met muziek
en 'n flintertje romantiek.

Ik heb in 't Vondelpark een klein prieeltje gehuurd
met een bank en een bosje seringen.
Ik heb de nachtegaal een invitatie gestuurd
om vanavond een uurtje te komen zingen.
Ik heb, zojuist, nog gauw de hemel opgebeld,
een halve maan en duizend sterren besteld.
Ik zet in 't Vondelpark een happy ending op touw
en dan wacht ik alleen maar... op jou.

Soms doet ze me denken aan Helena van Troje,
zo lieflijk, zo koel maar heel best te ontdooien.
Ze heeft ook wel iets van een Griekse godin
en daar zit 'k wel een beetje mee in.
Met een Griekse godin kun je niet in de regen
een uurtje staan wachten op de Munt voor lijn
    negen.
Wanneer je met zo'n meisje uitgaat een keer
vereist dat een zekere sfeer.

Ik heb in 't Vondelpark een klein prieeltje gehuurd
met een bank en een bosje seringen.
Ik heb de nachtegaal een invitatie gestuurd
om vanavond een uurtje te komen zingen.
Ik heb, zojuist, nog gauw de hemel opgebeld,
een halve maan en duizend sterren besteld.
Ik zet in 't Vondelpark een happy ending op touw
en dan wacht ik alleen maar... op jou.

Ik wil niet met haar in de stad gaan dansen.
Ik wil... nou ja... enfin, een romance.
't Hoeft geen liefde te zijn met een grote L
maar een beetje amour, weet je... dat wel.
En daarom wil ik desnoods proberen,
de wereld opnieuw te ensceneren.
Want de wereld van nu, met al dat kabaal,
is zo rommelig en zo kaal.

Ik heb in 't Vondelpark een klein prieeltje gehuurd
met een bank en een bosje seringen.
Ik heb de nachtegaal een invitatie gestuurd
om vanavond een uurtje te komen zingen.
Ik heb, zojuist, nog gauw de hemel opgebeld,
een halve maan en duizend sterren besteld.
Ik zet in 't Vondelpark een happy ending op touw
en dan wacht ik alleen maar... op jou.

Voor het portret van opa Kraai

Dit was jullie dierbare opa nou,
zei vader Kraai tot zijn kinderen.
Hij was toch zo nobel, hij was toch zo trouw,
hij was toch zo ijverig, altijd in touw,
hij was toch zo goed voor zijn minderen.

Toen grootvader oud was, zo'n jaar of drie,
toen roofde hij zilveren dingen.
Toen kreeg hij het stelen wel onder de knie,
hij roofde een zilveren naai-etui
en, als hij de kans kreeg, ringen.

Een zilveren lepeltje iedere dag,
hij had er wel negenentachtig.
Hij hield zo van blinkende lepeltjes, ach,
de mensen zeggen wel dat het niet mag,
wij kraaien vinden het prachtig!

Soms ving hij een muis voor je grootmama,
dan gaf zij een deftig dineetje.
Je grootvader hield dan een toespraak, ja,
hij had een geweldige stem, krá, krá!
Wij werden er stil van, weet je.

Dus kinderen, kijk naar het schilderij,
je opa wist hoe het hoorde.
Bedenk, wat je opa telkens weer zei:
Blijf Kraai, blijf altijd Kraai, zei hij,
en dat waren wijze woorden.

Waar de koning trek in had

Maar Knelia! zei de koning
al tegen de koningin.
Kijk, hier op dit potje staat honing
en er zit geen honing meer in!
De koningin zat te beven
en vroeg aan de keukenmeid:
Och, wil je wat honing geven
voor Zijne Majesteit?
Maar toen de koning de honing zag
toen wou hij toch liever maar hagelslag.

Hij greep naar de hagelslagtrommel
en zei tot de koningin:
Wat is dit nu weer voor den drommel,
er zit geen hagelslag in!
De koningin zat te beven
en vroeg aan de keukenmeid:
Och, wil je wat hagelslag geven
voor Zijne Majesteit?
Maar toen de hagelslag er was
toen wilde de koning rammenas.

De rammenas kwam en toen, helaas,
wilde de koning pindakaas
en toen de pindakaas er kwam,
wilde hij enkel een boterham.
Maar, zei hij met bulderende stem,
ik wil op die boterham bosbessenjam.
En toen de bosbessenjam er stond
wilde hij liever een suikerklont
en toen de suikerklont kwam zei hij:
Nu wil ik toch liever frambozengelei
en toen wou hij muisjes en toen wou hij pasta
en toen zei de koningin eindelijk: *Basta!*

En zo ging Zijne Majesteit
de straat op zonder zijn ontbijt.
Daar stond hij te huilen, en wie kwam daar an?
De ijscoman, de ijscoman!
Toen at de koning een liter ijs
vlak voor 't koninklijk paleis.

Joehoe, riep de koning, Knelia, schat,
dit was nu, waar ik trek in had!

Wandeling

Ter hoogte van het Koningsplein
was onze liefde engelrein.
Maar bij de Munt werd het al minder.
Mon Dieu, als ik het niet verhinder...
Hoe zal 't dan bij de Amstel zijn?

De wurm

Er zit een wurm in onze juttepeer,
dat weten we nu zoetjesaan wel zeker.
Het ligt misschien, wie weet, wel aan de kweker
of aan de groenteman, of aan het weer.

De ene mens denkt aldoor vol verdriet:
hoe komt die wurm erin. Hij wil het weten.
De and're mens wil nooit meer peren eten,
maar dat is overdreven, vindt u niet?

Dan is er altijd ook nog wel een man,
zo een, die denkt de wurm eruit te krijgen
door bovenmatig met zijn vuist te dreigen,
maar nebbesj, zeg, daar schrikt die wurm niet van.

Er zijn er ook, die houden zo van fruit,
dat zij de peer met wurm en al verslinden,
en zeggen dat ze 't overheerlijk vinden,
maar in het donker spugen ze hem uit.

En daar in dat cafeetje zit er een,
die zegt: het is geen peer. Het is een appel.
Ik zeg maar zo, wat maak je je te sappel,
alla, 'n wurm. Ik eet er maar omheen.

Winterpark

Pas op, we zijn gevangen in de schijn!
Kijk, hoe boosaardig dit is:
het park dat veel te wit is
om nog reëel te zijn,
waarin de vijver met een ijsblauw oog
aan 't blinken is! En kijk, mijn vriend, hoe hoog
de hemel is vannacht en hoe de maan,
die ons in deze wintertuin ziet staan,
met een vileine glimlach wil beginnen
ons in haar maangedachten in te spinnen
totdat wij wit en stil zijn als haar eigen
maankinderen en zo stupide zwijgen.
Breek de betovering van sneeuw
en schreeuw!

Het is te laat, wij kunnen niets meer doen.
We zijn twee beelden in het stadsplantsoen.

Zondag

Geen plaats ter wereld is zo godverlaten
en zo fatsoenlijk als het Scheldeplein,
bij avond als het regent en de straten
langer en glimmender en leger zijn.

Dit is een stad met veel te weinig moorden.
Het regent gluiperig in het plantsoen.
De tramrails wijzen koppig naar het noorden
en dat is dan ook alles wat zij doen.

Die man zou het waarschijnlijk niet begrijpen,
die man daar op de hoek, wat ik bedoel,
wanneer ik plotseling zijn hand zou grijpen
en zeggen zou, hoe eenzaam ik me voel.

Ik ga naar huis. Daar wachten me twee ramen,
een beddensprei (gehaakt), en aan de muur
een plaatje van een veel te mooie dame.
En dan de wekker nog. Op zeven uur.

Zonder jou

De wereld is wonderlijk leeg zonder jou.
Er staat maar zo weinig meer in.
De hemel is aldoor zo hinderlijk blauw.
Waarom? Wat heeft het voor zin?
De merel zit zachtjes te zingen in 't groen.
Voor mij hoeft ie heus zo z'n best niet te doen.
De wereld kon vol van geluk zijn, maar nou:
leeg, zonder jou.

Dat zonder jou nog een lente bestaat
met ooievaars en met bloemen,
dat er een meidoorn in bruidstooi staat,
is zonder meer tactloos te noemen.
En wat is het nut van een lindenlaan,
als wij er samen niet langs kunnen gaan?
Langs alle heggetjes bloeit wilde roos
nutteloos, zinneloos.

De wereld is wonderlijk leeg zonder jou.
Er staat maar zo weinig meer in.
De hemel is aldoor zo hinderlijk blauw.
Waarom? Wat heeft het voor zin?
De merel zit zachtjes te zingen in 't groen.
Voor mij hoeft ie heus zo z'n best niet te doen.
De wereld kon vol van geluk zijn, maar nou:
leeg, zonder jou.

Zonnebad

Wat heerlijk om zo doodstil hier te peinzen.
Toch heeft het iets beklemmends hè, zo'n zee.
Zijn dat de Van der Veldes. Ja, dat zijn ze.
Moet je die boezem van d'r zien zeg, nééé.
Slaap je?

Als ik die zee maar zie, dan krijg ik even dát.
En al wat laag in mij is, dat ben ik kwijt.
Dat heb jij niet hè? Het hindert niet hoor, schat.
Jij hebt nou eenmaal geen gevoel voor eeuwigheid.

Die Robbert zeg,
die zegt bijwijlen van die diepe dingen.
Hij heeft in Blaricum een villa met een tuin.
Daar hoor je 's nachts de nachtegalen zingen.
Badman, ben ik al bruin?

Ik ga in zee. Wat denk je, zijn er kwallen?
Dan ga ik niet hoor, als er kwallen zijn.
Of zal ik toch gaan. Ja, maar zijn er kwallen?
Je weet ook nooit eens wat ik doen moet, drein.
Je slaapt toch niet?

Als ik de zee maar zie, dan krijg ik even dát.
Begrijp je lieveling, dan voel ik me zo puur.
Het is ook zo, dat heb jij nooit gehad.
Jij hebt nou eenmaal geen gevoel voor de natuur.

Die Robbert zeg,
een knappe vent, hij heeft zulk prachtig haar.
Niet zoals jij, drie haren om één kruin.
Badman, ben ik al bruin?

We zouden toch naar Seinpost gaan hè, morgen?
Daar gaat die film met, kom hoe heet ie nou, die man.
Hij kan zo heerlijk iemand worgen.

Hij heeft dat mannelijke hè, voor een vrouw.
Ik hou niet van dat grove hè, jij wel?
Verrek, nou wordt ie goed zeg, ik vervel.
Zeg je slaapt toch niet?

Als ik die zee maar zie, dan word ik even stil.
Wat zit je nou toch sullig in die stoel.
Dat jij dat nou maar niet beseffen wil.
Jij hebt nou eenmaal geen gevoel voor mijn gevoel.

Die Robbert zeg,
die heeft een wagen, nou om iets van te krijgen hè.
Zo'n hele lange... van hier tot aan Kijkduin.
Hè, zei je iets? Jij kan ook nooit eens zwijgen.
Badman, ben ik al bruin?

1951–1959

De achteraffers

Had ik dat achteraf niet moeten zeggen?
Had ik dat achteraf niet moeten doen?
Zo leven wij – de achteraffers.
Had ik dat moeten verzwijgen – toen?

Had ik de wasman een fooi moeten geven?
Had ik dat achteraf nou maar gedaan!
Had ik met Adriaan moeten gaan leven
of zou dat misschien ook niet goed zijn gegaan?

Had ik die jas liever niet moeten kopen?
Had ik maar NIET naar Marie moeten gaan?
Had ik maar beter gewoon kunnen lopen
in plaats van zolang op lijn negen te staan?

Had ik die trap liever niet moeten boenen
en had ik niet uit moeten gaan zonder vest
en had ik me niet moeten laten zoenen
door die vervelende kerel uit West?

Wij achteraffers, wat zijn we toch moeilijk
en – achteraf – voor ons zelf nog het meest.
Had men ons niet beter op kunnen hangen?
Was dat achteraf niet het beste geweest?

Als de koning nieste

En dit is een koning met goud op zijn jas,
de koning van Prima Vieste,
waar iedereen heel erg dol op was
behalve wanneer hij nieste:
want als hij nieste, zo af en toe,
dan sprongen ááálle ruiten;
hij nieste van: ha... ha... ha... ha... tsjoe!
De mensen kwamen naar buiten
en zeiden: O, kijk wat 'n ongeluk,
wéér alle ruiten van 't koninkrijk stuk,
en iedereen liep met een kwaaie kop
maar de koning zei enkel:
    Hè hè, dat lucht op.

Maar sommige mensen zeiden: Kijk,
geen ruit meer heel in mijn woning!
Geen ruit in het hele koninkrijk!
Wij willen een nieuwe koning!
Maar anderen zeiden: Geen sprake van,
een nieuwe koning kiezen
omdat de oude nu en dan
een beetje hard moet niezen?
En toen, dat snap je, kwam er mot
in 't land van Prima Vieste
en... pang! weer alle ruiten kapot
omdat de koning nieste.
Hij nieste van: ha... ha... ha... ha... tsjoe!
en iedereen liep naar buiten toe
en iedereen liep met een kwaaie kop
maar de koning zei enkel:
    Hè hè, dat lucht op.

Toen was er een hele slimme vent,
een vent in Prima Vieste,
die bouwde een toren van steen en cement
voor als de koning nieste.

En toen de koning begon van: ha...
toen spitsten de mensen hun oren
en riepen: Het Komt! Vooruit maar já!
De koning moet gauw in de toren!

Ze brachten hem naar de toren toe
en sloten de deur met pinnen.
De koning was lang nog niet aan: tsjoe,
toen zat hij al veilig daarbinnen.
Maar toen opeens: daar kwam *Hatsjie!!!*
Een dreun! Een slag! Een wolk en zie,
de mensen stonden nu werkelijk paf.
De toren kapot en het dak eraf!
Daar stonden ze weer met een kwaaie kop,
maar de koning zei enkel:
    En toch lucht het op!

Het ameublement van blank eiken

Mevrouw Van der Looi was als meisje heel mooi,
met ogen zo diep als de zeeën,
ze heette Cecieltje, ze woonde in het Gooi
en ze keek wat de anderen dejen.
Ze zat vaak te peinzen voor 't raam, overdag,
dan kon ze zo dromerig kijken
en wazig, en dit is het dan wat ze zag:
een ameublement van blank eiken.

Zo was het. En toen kwam André van der Looi.
Hij moest eerst nog vijf jaar studeren
en hij vond Cecieltje zo lief en zo mooi
en wou ze 't met hem wel proberen:
Ceciel kreeg een kleur en ze keek hem eens aan
om hem daarna haar handen te reiken.
Ze zag het heel duidelijk achter hem staan:
het ameublement van blank eiken.

Ze waren getrouwd en hun kind werd gedoopt
en het ameublement werd gewreven,
toen had ze het dan waar ze op had gehoopt.
Hij was nog niet klaar met het leven
Hij piekerde veel, over kwaad, over goed...
hij wou nog iets anders bereiken
maar zij zei: kijk nou toch es, wat je weer doet!
m'n ameublement van blank eiken!

Toen hij vijftien jaar had gepraat tegen haar
ontmoette hij plots ene Joke.
Die luisterde altijd naar hem. En van daar...
Mevrouw Van der Looi was gebroken...
Ze wilde niet scheiden. O nee, met geen pook.
Ze zat. En ze wist van geen wijken.
En zij hield de kinders natuurlijk en ook
het ameublement van blank eiken!

De kinderen waren zo zoetjes aan groot
en kwamen al thuis met problemen,
maar moeder zei dan: schop niet tegen die poot!
en: 'k moet ook de ramen nog zemen.
Toen trokken de kinderen weg uit de stad
naar Melbourne. En naar Krabbendijke.
Ze schreven een enkele keer. Maar zij had
het ameublement van blank eiken.

Nu is ze gestorven, mevrouw Van der Looi.
U kunt op de veiling gaan kijken,
daar staat het, ja ja, en het is nog heel mooi:
het ameublement van blank eiken.

Amsterdam–Rotterdam

SJAAN
Wanneer ik 's morgens ankom, in de regen,
in Amsterdam, op het Centraal Station,
en ik staan daar zo te wachten op lijn negen,
dan schijnt voor mijn direct alweer de zon.
Dan rij ik langs 't Rokin en ik zie 't Singel
en bij de Munt daar staat een pierement.
Ach, hoor je dat geroefel en getingel,
dan is het of je bij je moeder bent.
Je kan als Amsterdammer nergens anders wennen.
Ik heb zo'n meelij met die lui die dat niet kenne.

't Is toch zo jammer
voor een Rotterdammer.
Hij heeft geen Amstel en geen Rembrandtplein.
Dat is een groot gemis,
want als dat er niet is
dan is geen enk'le stad een stad voor mijn.
Hij heeft de Maas, met al die bootjes van het Spido,
geef mij liever het Leidsebosje met het Lido.
't Is toch zo jammer dat ie dat nooit heeft gehad,
maar voor de rest is Rotterdam een fijne stad.

ALI
Altijd als ik binnenkom bij avond
en ik kijk zo om me heen bij het D.P.,
al is de stad ook nog zo erg gehavend,
ik voel me d'r toch altijd weer okee.
Al is er van de Blaak dan niks gebleven,
de Hoogstraat naar de bliksem toe, helaas,
voor ons blijft Rotterdam nog altijd leven
en wat er niet kapot kan is de Maas.
En dan: de nieuwe stad wordt mooier dan die ouwe.
Wij hebben ruimte om een echte stad te bouwen.

Het is toch zo jammer
voor een Amsterdammer
dat ie geen plaats heeft voor z'n eigen snelverkeer.
Want in de Leidsestraat
al waar de tram doorgaat,
daar speelt ie kruip-door, sluip-door alle dagen weer.
Hij ken nou pochen op ze mooie ouwe grachten,
maar het verkeer moet zich het apezuur staan wachten.
Hij zit zo vastgeklemd als een haring in een vat,
maar voor de rest is Amsterdam een fijne stad.

Belangrijk

Het is maar goed dat we onszelf belangrijk vinden.
Als het eens niet zo was, waar moest het dan wel
heen!
Och och, we hoeven er geen doekjes om te winden:
dan stortte werkelijk de maatschappij ineen.

Want stel u voor dat we onszelf ineens eens zagen
zoals de anderen ons zien. Hoe zou dat zijn?
Dat was afschuwelijk! Dat was niet om te dragen!
We wierpen ons waarschijnlijk voor de dieseltrein.

Ofwel, we zouden ons in 't kolenhok verschuilen.
Geen mens zou ooit nog meer geloven in zijn werk.
Meneer hiernaast zou in de gang gaan zitten huilen:
'Ik ben een vlerk... ik ben een nietsnut en een vlerk...'

En al de grote directeuren van bedrijven
gingen beschaamd en heel verdrietig naar hun bed;
ook de politici... ze zouden binnen blijven,
de ambtenaren kropen achter het buffet.

Geen enk'le spreker zou nog één keer durven
spreken,
geen enk'le chef zou ooit een chef meer durven zijn,
geen enk'le predikant zou ooit meer kunnen preken,
de boel lag stil, volledig stil op elk terrein.

Gelukkig zijn we niet op die manier ontluisterd.
Wat is het eigenlijk toch prachtig ingericht,
dat de natuur ons stuk voor stuk heeft ingefluisterd:
vergeet het niet, je bent een mens van groot gewicht.

Beppie Snauw

Er was er 's een meisje en ze zag er schattig uit
met lieve blonde krullen en een jasje met een ruit
en toch kon niemand niemand niemand van haar houden.

ZE SNAUWDE!

Ze snauwde tegen moeder en ze snauwde tegen tante,
ze snauwde zelfs in Artis tegen al de olifanten
en tegen Piet de groenteman en tegen Klaas de bakker
en tegen Knuffeltje de hond, die arme oude stakker,
ze snauwde tegen poes en tegen juffie van de klas
en iedereen zei aldoor dat het heel ontzettend was.
En niemand vond haar aardig, hoor. En iedereen zei: Nou,
wanneer dat niet verandert heet ze voortaan Beppie Snauw.

Eens op een dag ging Beppie Snauw wat steppen in de straat.
Er was geen mens op het trottoir; het was al aardig laat.
Er kwam alleen een heel oud vrouwtje met een stok voorbij
en Beppie Snauw riep: Uit de weg! Opzij, opzij, opzij!
Hier kom ik met mijn stepje aan, vooruit dan, gauw gauw gauw!
Het klonk bepaald niet vriendelijk. Die nare Beppie Snauw!

Het oude vrouwtje keek eens goed naar Beppie op haar stepje
en prevelde toen: Hokus pokus pierus, kip ik heb je...
Ze zwaaide met haar stafje, want o wee, o wee, o wee:
't was geen gewoon oud vrouwtje, hoor, het was een toverfee!
En weet je wat er toen gebeurde? O, wat akelig!
Die arme arme Beppie werd veranderd in een big.

En toen haar moeder riep: Zeg, kom je handjes wassen, Bep!
toen kwam er een klein varkentje aanrijden, op de step...
Het kleine ruitenjasje had het varkentje nog aan.
De moeder bleef versteend van schrik daar op de drempel staan.
Was dat haar kleine dochtertje? Dat groezelige beest?
Och, was die kleine Beppie toch maar niet zo stout geweest.

Gelukkig was haar tante thuis, die lieve tante Mien.
Die zei: Dat heeft de fee gedaan, dat kan ik daadlijk zien.
Want tante Mien die kende alle feeën in de stad.
Ze had er wel eens eentje bij haar op de thee gehad.
En tante was verstandig en ze kwam direct in actie:
ze ging de fee bezoeken, met het varken in een taxi.

Och lieve fee, zei tante Mien, dit hier is Beppie Snauw.
Ik weet, ze was heel lelijk, maar nu heeft ze echt berouw.
Nietwaar? zo zei ze tegen Beppie, en het varken knorde.
Och, laat haar asjeblieft toch weer een lief klein meisje worden.
De fee zei: Nou, vooruit dan maar en zwaaide met haar staf
en toen viel de betovering ineens weer van haar af.

En Bep was weer een meisje, een lief meisje, dat nooit snauwde!
Alleen het varkensstaartje heeft ze nog een tijd gehouden.
't Kwam achter uit haar rokje en dat was een erge straf.
Pas na een week of zeven viel het staartje er weer af.
Dus alles is gelukkig goed gekomen. En de staart
die hebben ze tot nu toe in een koffiebus bewaard.

De baard van koning Dagobert

Er was ereis een koning en hij heette Dagobert,
hij had een hele lange baard, die almaar langer
werd,
eerst kwam die baard tot aan zijn schoenen, als de
koning stond,
maar later sleepte zelfs die baard voortdurend langs
de grond.
De koning viel erover en dan riep hij: Hee,
Ksantippe!
ik denk, dat ik die lamme baard nou maar eens af
laat knippen.
Dat was de koningin, Ksantippe, en zij was niet mis.
Ze riep: Je baard is 't enig mooie wat er aan je is!
En als je hem laat knippen, Dagobert, die lange sik,
dan krijg je nooit meer voor de lunch gestoofde
leeuwerik.
Daar was de koning bang voor en hij liet zijn baard
maar staan,
hoewel het heel erg lastig was, vooral bij 't slapen
gaan;
dan moest hij hem voorzichtig over zes katrollen
hangen,
want anders zat hij 's morgens in zijn eigen baard
gevangen.
En als hij at, dan had de koning zeven
baardenhouders,
die hielden dan zijn baard voorzichtig vast, zo langs
zijn schouders.

Eens op een morgen kwam de koningin naar binnen
hollen
en struikelde van kwaadheid bijna over de
katrollen;
ze had een brief gekregen van een and're koningin
uit 't land ernaast, ze las hem voor, en kijk, wat
stond erin?

‘Mevrouw, uw man z’n baard is lang, maar dit zeg ik u nu:
mijn man z’n baard is langer nog dan die van die van u.’
Wat is dat: ‘die van die van u’, zei koning Dagobert
(hij was altijd een beetje suf, wanneer hij wakker werd).
Hè! zei de koningin Ksantippe, echt weer iets voor jou...
die baard dus van *die* man bedoelt ze, zo, begrijp je ’t nou?
Van welke man, vroeg Dagobert, en liet zijn tenen wippen.
Haar man zijn baard is langer dan de jouwe! riep Ksantippe.
Nou en? zei koning Dagobert, waarom zou dat niet mogen?
Ze liegt het, zei de koningin, ’t is allemaal gelogen,
’k zal hun een briefje schrijven om bij ons te komen eten,
dan zullen we die baarden wel eens heel nauwkeurig meten.

En zondagavond was ’t zover, precies om zeven uren,
toen kregen ze visite van de koninklijke buren.
Hij heette koning Godefried, zijn vrouw was Hildegaarde,
en na de griesmeelpudding kwam het meten van de baarden.
Een jonkheer met een ellemaat, die knielde bij hen neer
en mat ze voor de zekerheid wel tweeëntwintig keer.
Toen zei hij: Koning Dagobert en koning Godefried!
Uw baarden zijn precies, precies gelijk, zoals u ziet.
De koninginnen gingen heel teleurgesteld naar binnen;
ze hadden elk gehoopt, dat ze de wedstrijd zouden winnen.

De koningen die bleven nog een poosje buiten zitten
en hadden het uitvoerig over het probleem van
klitten.
Heb jij er ook zo'n hinder van? vroeg koning
Godefried.
O, vreselijk, zei Dagobert, heus, erger kan het niet.
Wat denk je dan, zei Godefried, wat denk je van de
kapper?
Dat lijkt me werkelijk een uitkomst, zei de ander
dapper.

En toen ze later binnenkwamen voor de thee met
taartjes,
toen hadden ze alleen nog hééééle kleine
bakkebaardjes...
De koninginnen vielen flauw, meteen, op slag, als
blokken,
maar later op de dag zijn ze gelukkig bijgetrokken;
ze gaven allebei toen maar hun echtgenoot een zoen,
er was toch immers achteraf geen steek meer aan te
doen.

Maar toch is het wel jammer, want er zijn op deze
aarde
nu eenmaal niet meer zoveel van die hele lange
baarden.

Bent u ook uit Amerongen?

Bent u ook uit Amerongen? vroeg de theedoek
aan de schort.
Wel, daar heb ik ook gewoond. M'n hele leven, tot
voor kort.
Wat toevallig, wat toevallig, zei de schort, het geeft
zo'n *band*!
Vindt u Amerongen ook de mooiste plaats van 't
hele land?

Sssst... een beetje zachter praten, zei de theedoek
tot de schort,
anders zouden we riskeren, dat de rest afgunstig
wordt;
al die hemden en die broeken en die slopen aan
de lijn
zijn afgunstig, weet u, daar ze *niet* uit Amerongen
zijn!

Is het werkelijk? vroeg de schort. Dat is ontzettend
geborneerd!
Maar ze kunnen het niet helpen, want ze hebben
niets geleerd.
Kijk ze daar nou toch 's hangen, met die afgunst in
hun ziel!
Wat bekrompen, vindt u ook niet? Wat
bekrompen, voor textiel!

'k Zou niet met ze willen ruilen, zei de theedoek.
Voor geen goud!
Toen werd al het goed gestreken, op de
strijkplank, met de bout.
Wat een bruut hè? riep de theedoek. Au! het sist!
Hij doet me pijn!
En hij heeft totaal geen eerbied; hij beseft niet Wie
We Zijn!

Ja, zo gaat het in de wereld. En het maakt ons weer
iets wijzer:
al of niet uit Amerongen, men komt onder 't hete
ijzer.

De Bienekebolders

In het hoekje van de zolder
van een winkel in Den Dolder
woont een gele Bienekebolder
    heel alleen.

Nimmer hoor je van hem spreken
niemand heeft hem ooit bekeken
want hij heeft een wollen deken
    om zich heen.

Hij is klein en heeft drie staartjes
en hij leeft van mokkataartjes,
hij heeft allemaal gele haartjes
    op 't gelaat.

En de mensen van Den Dolder
hebben nu verklaard per folder,
dat de gele Bienekebolder
    niet bestaat.

Maar het beest woont daar al jaren.
Dat kan ik je wel verklaren,
hij zit treurig te verharen
    op de mat.

Hij kan nooit met iemand spelen,
want er zijn geen andere gele
Bienekebolders in de hele
    hele stad.

'k Heb gehoord: in 's-Gravenpolder
zit een blauwe Bienekebolder.
Op een andere ouwe zolder?
    Inderdaad.

’k Zal ze allebei vertellen,
om elkaar eens op te bellen,
en ik kan je dan voorspellen
    hoe het gaat.

Want die gele en die blauwe
gaan dan van elkander houen
en dan gaan ze samen trouwen,
    zal je zien.

En dan krijgen we op die zolder
van die winkel in Den Dolder
kleine groene Bienekebolder-
    tjes te zien.

Biologie

O juffrouw Beekman, was u maar eencellig.
Dan kon de liefde u zoveel niet schelen.
Dan zoudt u zich gewoon in tweeën delen.
Ik geef wel toe: het is niet zo gezellig

maar heel erg praktisch. Zo'n eencellig wezen
hoeft nooit een ander wezen te aanbidden;
het deelt zich op een dag pardoes doormidden.
U kunt dat immers in de boeken lezen.

Terwijl u, met uw veertienbiljoen cellen
zo treurig in de lunchroom zit te wachten.
O, juffrouw Beekman, 't is al over achten.
Hij komt niet meer. Hij had toch kunnen bellen?

Hij komt niet meer. En toch, hij zei zo stellig...
O juffrouw Beekman, was u maar eencellig.

Blauw

Bent u ook zo'n mens dat twijfelt heel de dag?
Denkt u ook voortdurend: o, wat moet ik doen?
Koop ik diepvrieskip? Of koop ik een konijn?
Koop ik deze jurk in 't blauw of in het groen?
Zal ik de ramen zemen of niet?
Zal ik een pil innemen of niet?
Zal ik een vloermat kopen of niet?
En van mijn man weglopen of niet?
Bent u in dubio?
DOE NIETS en laat het zo!
Uw gordijnen staan in brand en u wilt blussen.
Wat is 't beste: emmer water? of een kussen?
Tja, daar staat u, met van alles in uw handen.
Nou het beste is: NIETS DOEN, stil laten branden.
Voor die dertigduizend gulden assurantie
hebt u 'n heel nieuw huis en nog een maand vakantie.
't Is de beste raad die Conny u kan geven
en 't geldt voor elke situatie in het leven.

Als u twijfelt in uw hart, mevrouw,
tussen dat en tussen dit,
als u twijfelt, doe dan niets, mevrouw,
en blijf zitten waar u zit.
Het leven zal het wel voor u beslissen,
de tijd lost het wel op, dat kan niet missen.
Als u twijfelt, doe dan NIETS, *mevrouw,*
laat het allemaal blauw-blauw.

Ik ben ook zo'n mens dat twijfelt elke dag,
maar nu weet ik het. Nu heb ik het geleerd.
Ik ben wijs en ik neem geen besluiten meer,
want gelooft u mij, dat is totaal verkeerd.
Zal ik een liedje zingen of niet?
Zal ik het raam uit springen of niet?
Zal ik spinazie eten of biet?
Zal ik mijn man vermoorden of niet?

Ben ik in dubio
'k doe niets en laat het zo.
'k Was aan 't autorijden en 'k dacht: hee,
wijk ik uit voor die kerel? Ja of nee?
'k Heb toen NIETS gedaan. Ik ben NIET
uitgeweken
en dat bleek ook achteraf heel goed bekeken:
'k heb die man direct bezocht in 't ziekenhuis
en nu komt hij daag'lijks bij me thuis.
Hij en ik, we hebben 't zo gezellig samen
en daarom geef ik deze raad aan ied're dame:

Als u twijfelt... NIETS *mevrouw,*
kies geen zwart en kies geen wit.
Als u weifelt: totaal NIETS *mevrouw*
en blijf zitten waar u zit.
Als u moet kiezen tussen twee meneren,
ga dan maar vast met nummer drie souperen.
Als u twijfelt, doe dan NIETS, *mevrouw,*
laat het allemaal blauw-blauw.
Blauw!

De boenwas-wezentjes

Al de boenwas-wezentjes die ik ooit heb gekend,
die woonden in een kelder in de buurt van Sas van Gent.
Het zijn natuurlijk wezentjes die enkel boenwas eten,
want anders zouden die wezentjes geen boenwas-wezentjes heten.

Ze haalden al hun boenwas bij... (ik weet niet of je 'm kent...)
Marinus Popse, Nieuwstraat 28, Sas van Gent.
Ze stalen 't uit de winkel, in het holste van de nacht.
Dat had je van die boenwas-wezentjes zeker niet gedacht?

Marinus Popse wist van niks. Hij klaagde steen en been,
want hij was om de haverklap weer door de boenwas heen.
Ik snap het niet... Ik snap het niet... Ik ga maar 's op jacht
en toen hij in de winkel kwam, in 't holste van de nacht,
toen zag hij al die wezentjes, die aan de boenwas zaten.
Marinus Popse werd zo boos! Hij was in alle staten.
Aha! Daar heb ik dat gespuis, zo brulde hij, aha!
Maar al de boenwas-wezentjes, die smeekten om genâ...

Wij zullen voortaan elke dag de vloeren voor u vegen.
Wij zullen voortaan elke dag de krenten voor u wegen.
De kommetjes voor u wassen en de pannetjes enzovoort...

Toen zei Marinus Popse: Nou vooruit dan maar,
akkoord!

Al die boenwas-wezentjes, die zijn al goed gewend
in 't huis van Popse, Nieuwstraat 28, Sas van Gent.
Ze boenen en ze schrobben en ze wassen er de
vaat,
en mogen alles eten wat er in de winkel staat.

Maar 't blijft bij boenwas, elke dag, dat zeg ik je bij
dezen,
want anders zouden die wezentjes geen boenwas-
wezentjes wezen.

Bij 't huis van mijn oom

Bij 't huis van mijn oom
staat de muilpereboom
in de tuin bij de haag.
En ik was er vandaag
en mijn oom stond erbij en hij rookte zijn pijp.
Hij vertelde: De muilperen zijn nog niet rijp,
maar als je heel stout bent,
maar dan ook alleen,
dan krijg je er een, ja, dan krijg je er een.

Ik lag op mijn buik
bij de oorvijgestruik
in de tuin bij het hek
en ik had toch zo'n trek!
Maar mijn tante kwam langs en ze gaf me een
zoen.
Ze vertelde: De oorvijgen zijn nog te groen,
maar als je heel stout bent,
dan zullen we zien,
dan krijg je er tien, ja dan krijg je er tien.

Bijziende

De wereld, waar ik door loop zonder bril,
bestaat alleen uit vlekken en uit vegen.
De vlekken staan voor 't grootst gedeelte stil,
terwijl de vegen allemaal bewegen.

Mijn vrienden zeggen: doe toch niet zo dwaas...
zet toch een bril op. Al dat malle turen...
Maar ze beseffen niet, hoe juist dat waas
mij helpen kan het leven te verduren.

Ik zie de rozen wel maar niet de luis,
en ik zie wel de balk en niet de splinter,
en ik zie nooit de rommel in uw huis,
en ik zie alles hier en nooit iets ginter.

Wel zit ik altijd in lijn zeventien
terwijl het twee moet zijn. En wel val ik voorover
de trappen af, omdat ik niet kan zien
waar ze beginnen, maar daartegenover

zie ik zo nu en dan een kangoeroe
met een bruin jonkie, op het Leidseplein.
Erg lief is dat, al geef ik later toe
dat het geen kangoeroe geweest kan zijn.

Zo staat het dus. En ik ga kippig door
en zeg: hallo Mies, tegen een pastoor...

Daar sta ik boven

Als ze zeggen: Carolien is nou met Piet,
als ze zeggen: Eduard is weer aan 't scheiden,
als ze zeggen: o maar wist je dat dan niet,
hij zit elke donderdag bij andere meiden,
als ze zeggen: Meta's kind is niet van Rob...
dan haal ik mijn schouders op,
want – nog afgezien van wél of niet geloven –
daar sta ik boven.

Als ik hoor dat Kees weer weg is bij Marjan
en dat Honkerbol z'n vader aan wil klagen
en dat Ellen gek is en dat Wies haar man
met het nieuwe Pastoe-meubel heeft geslagen
en dat Joyce d'r ouders komen uit een slop,
dan haal ik mijn schouders op,
want die roddels, dat kunt u van mij geloven,
daar sta ik boven.

(Maar ik luister wel, want ik vind het allemaal
heerlijk om te horen, u ook? Daag!)

Een dame

Er was een dame in Schiebroek
met een antieke worteldoek
en met een auto en een mink
en diamanten aan haar pink
en met een televisie-set
en zeven spreien op haar bed
en nog een rijke oom in Tiel.
Maar deze dame had geen ziel.

Eerst dacht ze: nou alla, dan niet,
dat is toch iets, wat niemand ziet.
Ik ben toch evengoed in tel,
maar ja... zij niet?... een ander wel?
En op een dag zei ze: het is
toch eigenlijk een groot gemis.

Ze ging dus ijverig op zoek
in alle winkels in Schiebroek,
maar 't viel niet mee; ze hadden daar
wel borrelhapjes, kant en klaar,
en wasmachines en bh's
en fruit en radio's en kaas
en ook ontzettend veel textiel,
maar geen ziel.

Gelukkig woonde op de hoek
van een der straten in Schiebroek
een kleermaker, hij heette John,
die zei dat hij haar helpen kon.
Hij nam een flesje avondrood,
drie tranen en een beetje dood,
een stukje uitzicht op de hemel,
een half pond onrust en een kemel
die door het oog kon van een naald
(Joost weet waar hij die heeft gehaald),
wat heimwee en een oud gebedje,

en deed dat in een nylon netje.
U wilt het toch wel serieus?
U bent er zeker van? Want heus...
Ja, zei de dame, ja, o ja.
Welnu, zei hij, voilà.

Het was er een, ze had een ziel.
Die haar aanvankelijk beviel.
Maar toch, zo na verloop van tijd
wou ze hem kwijt.
Ze vond hem lastig en erg zwaar
en eigenlijk onhandelbaar.
Ze vroeg in Arnhem en Den Briel:
Wie wil er een gebruikte ziel?
Z.g.a.n. Maar iedereen
zei: gunst, we hebben er al een.
Ze zocht de kleermaker, die juist
een dag tevoren was verhuisd,
de kleermaker, zijn naam was John,
en die ze niet meer vinden kon.
Ze werd nerveus en sloeg alarm
en met haar ziel onder haar arm
is zij nu radeloos op zoek,
die arme dame uit Schiebroek.

December in de stad

Er zat een wollen kindje in de trem
met wollen voetjes op de bank te spelen.
Hij had een prentenboek, met drie kamelen.
Kamelen in de sneeuw. Het was van hem.

Grijze gedachten hingen om ons heen,
van al die mensen die er zaten;
men kon ze horen zonder dat ze praatten.
Armzalige gedachten in lijn 1.

Die van de boer. Uit Koog, of Krommenie?
Die van de juffrouw met de rode handen
en van de heer met veel te witte tanden
en van de dame met de petit-gris.

Er is geen geld. Z'n jas moet opgeperst.
Nou moet het uit zijn met die onderhuurder.
Konijn is nog te doen. Kalkoen is duurder.
En waar moet opa blijven met de kerst?

En iedere gedachte werd een ding.
Er is geen geld. Amerika. De Russen.
Ook mijn gedachte kringelde daartussen...
Kamelen in de sneeuw? Wat zonderling.

Er kwam een halte op een schemerplein.
Het kind werd aan z'n handje meegenomen;
ik zag hem buiten gaan. Onder de bomen.
Ik zag hem lopen, dapper, wit en klein.

De drie kamelen liepen voor hem uit
en losten langzaam op tegen het duister.
We reden weg. De tram was zonder luister
en natte sneeuw vervaagde aan de ruit.

Doosje

Ik ben zo bang dat je strakjes verdwijnt,
vervaagt in mist en dan nooit meer verschijnt,
oplost in zonlicht of smelt in de regen,
ja, dat komt voor en wat doe je ertegen?
Wegvliegt door 't raam als een heel domme vlinder,
hoge beloning voor Eerlijke Vinder.

Ik zou je het liefste in een doosje willen doen
en je bewaren, heel goed bewaren.
Dan zou ik je verzekeren voor anderhalf miljoen
en telkens zou ik eventjes het doosje opendoen
en dan strijk ik je zo zachtjes langs je haren.
Dan lig je in de watten en niemand kan erbij,
geen dief die je kan stelen, je bent helemaal van mij.
Ik zou je het liefste in een doosje willen doen
en dan telkens even kijken,
heel voorzichtig even kijken,
en dan telkens even kijken
en een zoen.

Je mag er eventjes uit, elke dag.
Zeker dat mag. Ja, een uurtje, dat mag.
Laten we zeggen: naar 't Vondelpark, even,
alleen om de eendjes wat eten te geven.
Maar 'k hou je vast, ook tegen je zin
en na een uur ga je 't doosje weer in.

Drie apothekertjes

Er waren eens drie apothekertjes,
die werkten de hele week,
met potjes en poeiers en bekertjes
in Goes in de apotheek.
Totdat ze verklaarden, op zeven april:
En dit is de laatste pil!

Wij laten het lekkertjes waaien!
Wij kunnen geen poeiers meer zien!
Wij willen geen pillen meer draaien!
En weg met de aspirien!
We willen gaan varen, we willen naar zee,
we willen naar Nieuw-Guinee.

Ze gingen een bottertje kopen,
maar 't eerste was veels te licht,
het tweede was veels te open,
het derde was veels te dicht!
Ze vonden geen enkel klein bottertje goed,
toen namen ze maar een hoed.

Daar voeren ze dan op de Schelde
en waren geen ogenblik bang.
Want hoeden vergaan er maar zelden,
dat wisten ze al zo lang!
Ze voeren drie nachten bij donkere maan,
toen spoelden ze eindelijk aan.

Ze stonden verwonderd te kijken,
was dit nou wel Nieuw-Guinee?
Die huisjes en boompjes en dijken?
Ze riepen: Kijk nou toch 's, hee!
daar loopt onze melkboer, daar zit onze poes!
We zijn weer terug in Goes!

Nu maken de drie apothekertjes
weer poeiertjes tegen de koorts,
en zalf in potjes en bekertjes,
en pilletjes enzovoorts.
Ze hingen de hoed aan de port-mantoo!
En dat was dan dat, ziezo!

Drie huilende uilen

Waarom zitten ze zo te huilen,
deze zielige, oude uilen,
waarom zitten ze zo te huilen in die boom?

Zijn ze bits en ontevreden?
Is hun tante overleden?
Of hun opoe, of hun opa of hun oom?

Is er een uilekind beneden
door een autobus overreden,
toen dat uilekind ging wandelen in het bos?

Waarom zouden ze dan toch huilen,
deze oude, dikke uilen,
ssst, ik zal het je vertellen: 't Is de vos!

Heeft de vos hen dan gebeten?
Nee, hij kookt zijn avondeten
en hij maakt een uitje schoon, voor in de sla.

Strakjes zullen zij hun ogen
met een uilezakdoek drogen.
Is dit allemaal gelogen, denk je? Ja!

Drie meneren in het woud

Er waren eens drie meneren,
heel deftig en heel oud,
die wilden gaan kamperen,
kamperen in het woud.
Ze lazen om te beginnen
alvast het weerbericht.
Ze kochten een tent van linnen
en helemaal waterdicht.
Ze vonden een woud vol bomen,
het was erg guur en koud,
de regen viel in stromen,
het was een heel woest woud.
Ze zaten te trillen daarbinnen,
daarbinnen in die tent.
Je moet zo iets nooit beginnen
als je oud en deftig bent.
De drie oude meneren
werden verkouden en hees.
Toen kwamen er drie beren,
die roken mensenvlees.
De beren waren schrander
en trokken meteen van leer.
Ze zeiden tegen elkander:
Zeg, lust jij oude-meneer?
Ze gooiden met boze snuiten
de hele tent opzij.
De meneren kropen naar buiten
en riepen: Heb medelij!
O, beren, heb genade,
wij zijn zo deftig en oud!
Wij doen hier toch geen schade?
Wij zitten gewoon in het woud.
De beren zeiden: Ach, vrinden,
zo erg was het niet bedoeld!
Wij zullen u niet verslinden,
wij zijn alweer bekoeld.

Toen zaten ze met z'n zessen
gezellig onder een boom
en dronken een glaasje bessen,
en noemden elkander: oom.
De deftige, oude meneren
zijn weer terug, alle drie.
Zij denken nog vaak aan de beren,
met liefde en sympathie.

Dromen onder moeders vleugels

Moeder, zei het kuikentje, mag ik later zingen?
Net zoals de nachtegaal, van priedewiedewiet?
Nee, o nee, zei moeder Kip. Je mag wel and're
dingen,
je mag wel and're dingen doen, maar zingen mag
je niet.

Moeder, zei het kuikentje, mag ik later loeien?
Net zoals de bonte koe, daarginder in de wei?
Nee, zei moeder Kip, dat zou je veel te veel
vermoeien!
Nee, m'n kindje, loeien is er helemaal niet bij.

Moeder, zei het kuikentje, mag ik later blaffen?
Nee, o nee, zei moeder Kip, maar maak je nou niet
druk:
later mag je aan het mensdom eieren verschaffen
en dan heel hard kakelen. En dát is zo'n geluk!

Moeder, zei het kuikentje, ik zou toch liever
zingen.
Ach, zei moeder Kip, je weet niet waar je over
praat.
Kind, je bent een Nuttig Dier, die doen nooit
zulke dingen.
Kom nu onder moeders vleugels, want 't is al zo
laat.

Het kuiken viel direct in slaap toen het gegeten
had
en droomde van de nachtegaal. Dat was tenminste
wát.

Een dichter

Piet Pluimers wou het liefste verzen schrijven
over wat late rozen in de zon.
Hij was een dichter en hij wou het blijven.
Hij schreef sonnetten toen hij pas begon.

Het rijmde ook. Maar and're dichters zeiden:
je mag niet rijmen joh, 't is geen gezicht!
Je moet zorgvuldig alle rijm vermijden,
want een gedicht dat rijmt is geen gedicht.

En dan dat metrum! Dat is uit de mode.
't Mag niet van rál de ral de rál de ral.
Punten en komma's, jongen, zijn verboden.
En denk erom: geen hoofdletters overal.

En nooit een hele zin. Alleen maar brokken.
En rozen mógen wel een keer, maar dan
slechts in verband met baarmoeders en sokken
en zó dat niemand het begrijpen kan.

't Is maar een weet, we zeggen 't je maar even.
Piet had het spoedig door en hij zei: o.
Hij heeft dezelfde dag een vers geschreven,
zijn eerste echte vers. En dat ging zo:

ik drijf spelden van wanhoop
in de huid van je
grutten wezenloos
woezie woezie 17 en
klaan uit je klukhaar versuikeren
bleke bliezen in schedels met spuigaten
vol blauw gehakt

En toen zei iedereen: dat is reusachtig!
En Paul Rodenko schreef een heel lang stuk

in *Maatstaf* om te laten zien hoe prachtig
het was. Vooral dat 'woezie' en dat 'kluk'.

Alleen Piet Pluimers zelf was niet tevreden.
Hij wou zo graag eens rijmen, want helaas,
hij heeft nu eenmaal 't rijm onder z'n leden.
Maar nee, hij mag alleen met Sinterklaas.

En hij wou graag één keer een komma zetten.
Ach Piet! Over tien jaar slaat het om!
Dan rijmt men weer. Dan maakt men weer
sonnetten.
Dan gaat het weer van póm de róm de róm.

De eendjes

Kom, zeiden vanmorgen de eendjes ontroerd,
dat jongetje heeft ons zo dikwijls gevoerd,
we doen het nu anders, we draaien het om.
Nu gaan we het jongetje voeren. Kom!

Ze kochten wat boter, ze kochten wat brood,
ze hadden ook ieder een mand aan hun poot,
ze kochten wat muisjes en toen nog wat sjam,
en gingen naar 't jongetje toe met de tram.

Het jongentje wou net de voordeur uitgaan,
toen hij daar op straat twintig eendjes zag staan.
Dag, jongetje, zeiden ze, ga maar naar binnen.
We komen je voeren; we gaan zo beginnen.

Toen moest hij gaan zitten. Hij kreeg een servet.
Ze sneden het brood en ze smeerden het vet.
Ze gaven hem stukjes van 't brood, om de beurt,
met sjam (appel-bessen) en muisjes (gekleurd).

Hè, zeiden de eendjes, wat leuk is dit nou,
je hebt ons gevoerd, en nu voeren we jou.
Zo, zeiden de eendjes, nou heb je genoeg.
Kom jij eens 'n keer weer bij ons, 's morgens
vroeg?

Ergens blijf ik altijd een kloek

MOEDER

Bij een kattenmoeder is het zo eenvoudig allemaal:
als haar kinderen volwassen zijn, vergeet ze ze totaal.
Want zo'n kattenmoeder wordt nooit 's morgens wakker,
denkend: o ja, 'k heb nog een dochter bij de bakker.
En een kip die kuikens heeft, die zit er dagen bovenop,
maar zodra ze zeven weken zijn, dan geeft ze ze een schop.
Maar wij mensen
zijn zo anders:

ergens blijf ik altijd een kloek.
Van je tók tók tók, 'k wil m'n kuikentjes!
O, nou is er wéér eentje zoek!
Van je tók tók tók, 'k wil m'n kuikentjes!
'k Wil ze diep onder m'n vleugels verbergen
en dat kun je van je kinderen niet vergen.
'k Heb het gisteren nog gelezen in een boek,
maar ik blijf nou eenmaal altijd een kloek.

Als mijn kinderen van huis gaan zeur ik heus niet aan hun hoofd,
want ik ben wel iemand die in onafhankelijkheid gelooft,
maar 's nachts lig ik toch wel altijd even wakker,
denkend: jee, hoe maakt m'n zoontje 't bij de bakker?
En dat wonderlijk instinct gaat heel je leven met je mee,
ook al wordt je kleine kuiken Directeur van een N.V.,
want wij mensen
zijn zo anders:

ergens blijf ik altijd een kloek.
Van je tók tók tók, 'k wil m'n kuikentjes!

O, nou is er wéér eentje zoek!
Van je tók tók tók, 'k wil m'n kuikentjes!
'k Wil ze diep onder m'n vleugels verbergen
en dat kun je van je kinderen niet vergen.
'k Heb het gisteren nog gelezen in een boek,
maar ik blijf nou eenmaal altijd een kloek,
een DIKKE *kloek.*

Erwtjes

Toen ze een meisje was van zeventien
moest ze een hele middag erwtjes doppen
op het balkon. Ze wou de teil omschoppen.
Ze was heel woest. Ze kon geen erwt meer zien.

Toen ging ze maar wat dromen, van geluk,
en dat geluk had niets van doen met erwten
maar met de Liefde en de Grote Verte.
Dat dromen hielp. Het scheelde heus een stuk.

En dat is meer dan vijftig jaar terug.
Ze is nu zeventig en heel erg fit
en altijd als ze 's middags even zit,
mijmert ze, met een kussen in de rug,

over geluk en zo... een beetje warrig,
maar het heef niets te maken met de Verte
en met de Liefde ook niet. Wel met erwten,
die komen altijd weer terug, halsstarrig.

Ach ja, zegt ze. Ik kan mezelf nog zien,
daar in mijn moeders huis op het balkon,
bezig met erwtjes doppen in de zon.
Dat was geluk. Toen was ik zeventien.

Even denken, zei 't paard

Abah! zei het paard van Van Gend & Loos,
't begint me toch wél te bezwaren...
ik mopper niet, hoor, en ik maak me niet boos,
maar altoos die wagen... altoos en altoos,
ik doe het al zeventien jaren...
en 'k heb al die tijd geen moment gehad
om rustig te denken, begrijpt u, en dát,
dát zou mij zo'n vrede schenken.
    Even denken!
(zei 't paard)

Maar weet u, ik ga maar eens zitten op straat,
gewoon maar eens zitten, en peinzen...
dan worden de mensen waarschijnlijk wel kwaad,
en zeggen direct weer, dat zoiets niet gaat,
dat zeggen ze dan, want zo zijn ze...!
maar kom, ik ga zitten. Wat is het toch mooi
om even te denken aan Liefde en Hooi,
'k wil werkelijk niemand krenken...
    Alleen denken!
(zei 't paard)

Dat was wat, toen 't paard van Van Gend & Loos
daar stil op het Spui zat te dromen!
De voerman werd boos! Zo verschrikkelijk boos!
Hij tierde en schold als een oude matroos!
Zoiets was hem nooit overkomen.
En al het verkeer liep totaal in de soep.
De tram kon niet door! Een agent op de stoep
stond aldoor maar heftig te wenken.
    Nog éven denken...
(zei 't paard)

Ten slotte zei 't paard van Van Gend & Loos:
Dit was het. Men moet zich bezinnen!
Een paard moet meer denken, kijk, dat is de sjoos!

Ik heb nu voldoende gedacht voor een poos,
nu kan ik wel weer eens beginnen.
Hij trok aan de wagen. De weg kwam weer vrij,
't verkeer kon weer door en
    de voerman zei: Hei!
    de voerman zei: Hort!
    en dit was in het kort
't verhaal van het paard van Van Gend & Loos.
En nu gaat het dekseltje weer op de doos.

Geachte cliënten, 't wordt lente!

LIESBETH
'Ingevolge de gewijzigde tarieven
zenden wij u ingesloten, dubbele punt...'
O wat zijn dat toch een akelige brieven.
'Als u omgaand uw beslissing melden kunt...'
Hè, wat schrijven al die zakenmannen toch een nare taal.
Waarom schrijven ze niet allemaal:

geachte cliënten, 't wordt lente,
wat zullen we nou 's voor prettigs gaan doen.
Geachte cliënten, 't wordt lente,
de merel zingt aria's in het plantsoen.
Hij heeft z'n tarief niet gewijzigd dit jaar,
dus wij doen het ook niet, we laten het maar.
Wat kan het ons schelen, die centen.
Hoogachtend, komma, 't wordt lente!

'Mijne heren, in vervolge op ons schrijven
van de zeventiende hebben wij de eer...
En inmiddels mijne heren wij verblijven...'
Waar zit nou die lamme komma ook alweer.
Hè, wat hebben al die zakenmannen toch een nare toon.
Waarom schrijven ze niet heel gewoon:

geachte cliënten, 't wordt lente,
we hebben al drie madeliefjes gezien.
Geachte cliënten, 't wordt lente,
en morgen dan bloeien de tulpen misschien.
We gaan dus gezellig op stap met de fiets
en al onze goederen krijgt u voor niets.
Wat kan het ons schelen, die centen.
Hoogachtend, komma, 't wordt lente!

‘U zoudt echter onze firma zeer verplichten
als u…’ kijk nou toch, nou zit die wagen klem.
‘Als u ons per omgaand even wilt berichten…’
En nou tik ik weer berichten met een m.
Waarom moet je in die brieven altijd zo gewichtig
doen?
Waarom niet: met vele groeten en een zoen.

Geachte cliënten, ’t wordt lente,
wat zullen we nou ’s voor prettigs gaan doen.
Geachte cliënten, ’t wordt lente,
de merel zingt aria’s in het plantsoen.
Hij heeft z’n tarief niet gewijzigd dit jaar,
dus wij doen het ook niet, we laten het maar.
Wat kan het ons schelen, die centen.
Hoogachtend, komma, ’t wordt lente!

De graaf van Weet-ik-veel

In Umperadeel, daar stond een kasteel,
daar woonde de graaf van Weet-ik-veel,
een boze graaf, een woeste graaf,
een graaf met ijzeren kuiten.
En iedere keer als een dame of heer
daar langs moest gaan in het hondeweer,
dan stuurde de graaf van Weet-ik-veel
zijn vurige draak naar buiten.

O griezel, en als dan de maan stond te schijnen,
dan wapperden daar de gescheurde gordijnen,
dan kropen daar van die geniepige dieren,
dan kwamen er vam- en andere pieren,
en adders en uilen en slangen en padden
en beesten die zeventien staarten hadden.
En als je daar eenmaal heen was gegaan,
dan kwam je er nooit meer levend vandaan.
Gruw! Gruw! Gruw! Gruw! Gruw!

En vlak bij het kasteel van Umperadeel,
daar woonde de jonkvrouw Goud-in-me-keel,
die zong zo prachtig
als zij in het griesmeel stond te roeren.
En denk er es an, die boze man,
die boze graaf verzon een plan.
O lieve help, wat deed hij dan?
Hij wilde haar ontvoeren!

Toen 's avonds de maan begon te stralen,
toen ging hij de schone jonkvrouw halen.
Hij bond haar vast met een sokophouder,
hij zwaaide haar over zijn linkerschouder,
hij voerde haar mee in het nachtelijk uur,
en daar stond de draak en hij spuwde vuur!
Daar kwamen de uilen en slangen en padden.
Gruw! Gruw! Gruw! Gruw! Gruw!

Wat deed de jonkvrouw Goud-in-me-keel?
Begon zij te gillen? Integendeel.
Zij ging aan het zingen van troela-hi-ha,
van falderidee en jolderida!
En al de slangen en padden en uilen
begonnen toen zacht van ontroering te huilen.
En de draak werd mak en dat zie je niet vaak,
dat zie je maar zelden, een makke draak!

Daar in het kasteel van Umperadeel,
daar woont nu die graaf van Weet-ik-veel
en alle gordijnen zijn weer heel.
Nu wonen ze daar te zamen.
Nu drinken ze thee, zo knus met z'n twee
en de draak zit ied're middag op een kussen voor de ramen.

Heldere Griet

Heldere Griet maakt alles schoon.
Heldere Griet is altijd aan 't schrobben:
haar vader, haar moeder, haar dochter, haar zoon,
die moeten om twaalf uur 's nachts in de tobbe.
En dan gaat zij naar het Centraal Station
en poetst alle treinen en zuigt het perron.
De boeken uit de bibliotheek
die legt ze allemaal op de bleek.
O, o, als je het ziet
die Heldere Griet, dan geloof je het niet!

Heldere Griet moet bezig zijn,
Heldere Griet is altijd aan 't boenen.
's morgens dan veegt ze het Leidseplein
en wrijft alle bomen in alle plantsoenen.
Dan haalt ze het Haarlemse mannenkoor
en zet het pardoes zo ineens in de chloor,
dan weer naar Artis, om 't gordeldier
even te schuren met schuurpapier.
O, o, wanneer je het ziet,
begrijp je het niet, van die Heldere Griet.

Heldere Griet gaat steeds maar door,
van 's morgens zessen tot 's avonds bij tienen,
de hoofddirecteur van het postkantoor
die haalt ze – nu net – door de lodaline!
Ze doet het Paleis op de Dam met sop,
dan klimt ze de Westertoren weer op
en poetst dan zo even de torentrans
met koperglans, met koperglans,
en iedereen, die haar zo bezig ziet,
die zegt: Kijk, daar hè je d'r! Heldere Griet!

De hertogin van Hotemetoot

De hertogin van Hotemetoot
had zeven zwarte katten,
ze lagen allemaal op haar schoot,
ze kregen Kielstra's kattebrood
en sliepen in de watten.

De hertogin van Hotemetoot
had in haar volière
een lijster met een horrelpoot,
die oude Franse wijsjes floot,
het schalde door de serre.

De hertogin van Hotemetoot
zei tot haar lievelingen:
Maak nooit mijn lieve lijster dood,
de stakker heeft een horrelpoot
en kan zo prachtig zingen.

De katten zeiden: Aukiedau!
met huichelige snuiten,
maar toen de brave oude vrouw
haar slaapje deed, zo effe gauw,
toen slopen zij naar buiten.

Die katten waren zó gemeen:
de lijster werd verslonden.
De hertogin heeft toen alleen
een stukje van het horrelbeen
van 't vogeltje gevonden.

De hertogin van Hotemetoot
zei tot haar zeven katten:
Nu kom je nooit meer op mijn schoot,
je krijgt geen krummel kattebrood:
Ga heen, en eet maar ratten!

Huilen in de wei

De wind zat een verhaaltje voor te lezen
aan zeven boterbloemen in het gras.
Hij schreide zelf een beetje toen hij las,
want het was een triest verhaal van de Twee Wezen.

De zwaluw zei: Ik ken ook een verhaal
over een groene kever zonder zorgen,
maar hij werd opgegeten dinsdagmorgen,
is dat niet om te huilen allemaal?

Wie at hem op? vroegen de boterbloemen.
Ik, zei de zwaluw en hij keek bedroefd.
Ja, ja, de kevers worden zwaar beproefd.
Ik kan u nog wel meer gevallen noemen.

De lammetjes, die pas geboren waren,
begonnen ook te schreien alle twee;
ze wisten niet waarom, maar deden mee
en kwamen urenlang niet tot bedaren.

Alleen de koe, het was een heel intelligente,
zei: Hemel, waarom huilen jullie nou?
De boterbloemen zeiden: O mevrouw,
het is zo heerlijk om te huilen in de lente.

Hij heette Van Dijk

De man die deze week gestorven is
heette Van Dijk. Het was een goeie vent.
Door 't venster zie ik zijn begrafenis.
Zou hij het zelf ook zien op dit moment?

En fladdert hij verschrikt een eindje mee
om heel die zwarte optocht te bekijken?
Vindt hij het goed? Of is hij ontevreê
over die kist met imitatie eiken,

en denkt hij: o, het moest weer voor een prik!
Natuurlijk weer geen orgel en geen aula...
en denkt hij dan ook op dit ogenblik:
twee volgauto's? Wat harteloos van Paula!

En denkt hij: kijk, daar loopt m'n zwager Jan,
die huichelaar, alleen voor het decorum!...?
Of trekt hij zich die dingen niet meer an
en lacht hij voor zich uit? Ik hoop het voor 'm.

Zo peins ik, als ik uit het venster kijk.
Heeft hij het koud? En heet hij nóg Van Dijk?

In mijn hofje

Ik mag zo graag een beetje schoffelen in mijn
duizendschoon,
ik mag zo graag een beetje scharrelen in m'n border,
ik ben gelukkig en tevree, omdat ik buiten woon
met een bed van blauwe druifjes bij de voordeur.

Ik voel mij zo harmonisch in mijn hof,
de boze wereld kan mij niet meer deren.
Een hoekje moes, met worteltjes en lof,
een hoekje ooft, met appeltjes en peren...
Mijn lieve bordertje, zo langs de kant,
dan heb ik nog een kruidentuin daarneven
met hondebeet, zwerende-vingerplant
en pestlelies-van-dalen. Mag ik even?

Gek hè? die zijn vergiftig als de hel,
wanneer je daar één blad van fijn zou maken,
'tis onzin hoor, wie doet dat nou... maar stél...
en in de soep... Het moet niet lelijk smaken...
Mevrouw De Vries zei altijd: meid jouw soep,
jouw soep is goddelijk, daar gaat niets boven,
ik zie ze daar nog staan, daar op de stoep,
ze was nog jong. Gek hè? Niet te geloven!
Geen mens wist wat het was. Een raadsel hoor,
dat iemand zo ineens wordt weggenomen,
maar hoe het zij, het leven dat gaat door
per slot kan u hetzelfde overkomen...

Ik mag zo graag een beetje harken in de krokusjes
en in de selderij, daar voel ik me zo thuis
en in mijn kruidentuin met al die hocus-pocusjes.
Ik ben de enige met rozen zonder luis.

Mefisto-melk heet dit. En daarvan 't groen,
dat zou je in een vijzel kunnen stampen
en als je dat in iemands thee zou doen...

dan sterft hij onder vreselijke krampen.
Het duurt nog effetjes, zo'n uur of acht...
't is onzin hoor, wie krijgt het in zijn hersens...
ik denk er niet graag aan. Ik ben te zacht...
gevoelig hè? Kijk die Japanse kers es...
En kijk es hoe die afrikaantjes staan...
dat dát mijn man nou niet meer mee mag maken,
zo smartelijk dat hij is heengegaan...
Gek hè? Dat iemand zo snel weg kan raken.
Of snel... 't heeft nog een uur of acht gezeurd –
(snuift aan bloem) trálá! Dat prikt zo heerlijk in je
neus –
en met mijn schoonzus is 't net zo gebeurd,
die toen bij mij in huis was. Mysterieus, hè?

Ik mag zo graag een beetje kliederen in de
cactussen,
ik mag zo graag wat spuiten in het rozenbed,
wanneer je dat maar doet, dan zit er nooit een slak
tussen.
Zo is mijn rozentuintje hét van hét van hét!

Ik heb een plant, een nieuwe plant, o jee,
met kelken, zóóóó! Zo'n bloem is net een beker,
de echte vleesetende orchidee.
Hij lust geen worst. Dat weet ik nu al zeker.
Ik heb hem nu wat verse waar beloofd.
Hij kan wat an. Dat zal ik u garanderen.
Dat ding eet me de oren van het hoofd,
maar harde dingen kan hij niet verteren.

Aaah, dag mevrouw Van Dedem! Wat enig dat u
eens komt.
U komt naar mijn orchidee kijken? Dat zeg ik ook!
Moet u es zeggen, hebt u een korset aan?

De kip Catootje

Kom nou 's kijken, riep de haan,
kom allemaal 's naast me staan!
Kijk nou eens wat er is gebeurd:
hier ligt een ei, dat is gekleurd!
Heb jij dat ei gelegd, Cato?
Hoe komt dat zo?

Het ging vanzelf, zei kip Cato,
of wacht 's even... het ging zó:
ik zat hier op dat ei te wachten
en toen kreeg ik een paasgedachte.
Ik keek heel dromerig naar buiten
en hoep! een ei met roze ruiten
en blauwe bloempjes op de schaal.
Is het niet beeldig allemaal?

Foei, zei de haan, wat wuft en slecht!
Wie heeft er ooit zo'n ei gelegd!
Een kippeëi is altijd wit
en niet zo kakelbont als dit.
Juist! riepen alle kippen kwaad.
Een paasgedachte! Inderdaad!
Je hoort niet meer bij ons, ga weg!
Ga ergens anders aan de leg.
Ga liever naar een and're buurt!
En kip Cato werd weggestuurd.

Daar liep ze, eenzaam over 't veld,
verlaten en teleurgesteld,
en na een lange, lange reis
kwam ze bij 't Koninklijk Paleis.
En op de Koninklijke Stoep
stond kip Catootje stil, en hoep,
ze lei een ei met allemaal
gekleurde haasjes op de schaal.

De koning, die voor 't venster zat,
en die nog niet ontbeten had,
liet kip Catootje binnenkomen
en zij werd teder opgenomen.
Zij kreeg een Koninklijke Worm
en iedereen vond haar enorm.
Ze werd tot Hof-leghorn benoemd.
En nu is kip Cato beroemd.

Zij heeft een fraaie ridderorde.
Zij eet haar graan van gouden borden,
en zij zit 's morgens aan 't ontbijt
op schoot bij Zijne Majesteit,
en legt daar voor de koningszoontjes
een ei met beeldige patroontjes.

Knolletjesoudejaarsavond

Diep in de kelder, van selderie, salderie,
zitten de knolletjes knus bij mekaar,
zitten te zingen van selderie, salderie,
zó vieren knolletjes oudejaar.
Vadertje Knol zit gezellig te eten,
moedertje Knol zingt het raapstelenlied.
En hoe de kleine knolletjes heten?
Raapje en Wortelstok, Suzie en Biet.
Oudejaarsavond, wat is dat toch dolletjes!
roepen de kleine kni-kna-knolletjes.

Jeetje, nu krijgen de kinderen ruzie!
Raapje geeft Wortelstok telkens een duw.
Biet krijgt een klap van het knolletje Suzie,
wat zijn die knolletjes vreselijk ruw!
Vadertje Knol zegt: Kinderen, kinderen,
schreeuw me toch niet de oren doof!
Zit toch malkander niet aldoor te hinderen,
zit toch mekaar niet voortdurend in 't loof!
Wij zullen zoet zijn; het was maar een lolletje,
zegt dan het kleinste kni-kna-knolletje.

Wie is de juffrouw, die daar op de mat zit?
Kijk er 's aan, 't is de weduwe Muis!
Sedert haar man in de cyperse kat zit,
voelt zij zich altijd zo eenzaam in huis.
Kom, juffrouw Muis, niet zo huilen en morren,
wees toch gelukkig, zegt vadertje Knol,
u bent een dame met beeldige snorren,
kop op, en neem nog een oliebol,
en volgend jaar dan gaat alles op rolletjes,
kompelement van de kni-kna-knolletjes.

Diep in de kelder, op oudejaar,
zitten de knolletjes knus bij elkaar.

Dan slaat de klok van bim bam bom.
Het jaar is weer om. Het jaar is weer om.

En Gelukkig Nieuwjaar!

De koning van Bellevu

O, wat een ellende
in 't land van Bellevu.
De koning is veranderd
in een groene paraplu.
Des morgens was hij nog gewoon.
Daar zat hij, op zijn gouden troon...
maar nu, maar nu, maar nu,
plotseling veranderd
in een groene paraplu.

De dokter werd gebeld.
Die kwamen met aspirine.
Maar niemand wist precies
hoe men dat toe moest dienen.
En alle mensen huilden mee
en jammerden van ach en wee.
Wat nu, wat nu, wat nu,
de koning is veranderd in
een groene paraplu.

De koningin die zei:
We moeten niet zo treuren,
het kan ook u en mij
en iedereen gebeuren.
Ik heb er mij bij neergelegd.
Dat was heel mooi en wijs gezegd,
dat was heel wijs gesproken.
Ze heeft de paraplu
daarna maar opgestoken.

't Is alles niet zo akelig,
– dat wou ik enkel zeggen –
wanneer men zich, wanneer men zich
er maar bij neer wil leggen.

De koning was bang voor k...

Er was eens een koning met goede manieren.
Hij hield veel van dieren, van allerlei dieren.
Hij hield veel van hondjes en roets-hagedisjes,
en tijgers en eekhoorns en kikkervisjes,
hij hield ook van kwallen en vuursalamanders
en nu en dan ook nog wel eens van iets anders,
hij hield heel erg veel van zijn ezeltje Langoor
maar één dier bestond er, daar was hij zo bang
voor!
Voor k... voor k... 'k durf het woord niet te zeggen,
maar 'k wil wel proberen het uit te leggen:
het spint, het eet vis en je kunt het ook aaien,
't heeft vier zachte voetjes. Nou, kun je het raaien?

Zijn hele paleis zat vol geiten en spinnen,
maar k... die mochten volstrekt niet naar binnen.
Wel mieren en beren en muggen en apen
en kleine konijntjes en kreeften en schapen,
en motten en bevers en kevers en spreeuwen
en heel veel kanariepietjes en leeuwen,
maar op alle hekken en deuren en latten
daar stond het geschreven: Verboden voor k...

Wel, eens op een dag ging de koning proberen
om weer eens van voren af aan te regeren,
want kijk, als zo'n land weer een poosje geregeerd
was,
dan zag je zo duidelijk, dat het verkeerd was.
Daar zat hij dus weer en hij zat niet alleen,
de hele ministerraad zat om hem heen,
de koningin was er alleen om te kijken
en rimpeltjes uit zijn gewaden te strijken.
En toen zei er iemand: O help, wat is dat?
De koning keek op. In de zaal stond een k...

De Raad zat te rillen,
de koning ging gillen,
de koningin... nou...
viel onmiddellijk flauw,
en alle lakeien
die stonden te schreien,
het was een tumult,
men schrok zich een bult,
het was een geroes,
alleen voor die p...
die daar heel onschuldig en zoet zat te spinnen.
Daar kwam de gravin van Bobbeljak binnen.
Zij maakte een sierlijke buiging en zei:
O sire, verschoning, die k... is van mij.

Toen werd de gravin uit het land verbannen
met de k... en met al haar potten en pannen.
Ze verdween in haar koets met het grafelijk wapen.
Maar de koning, die kon in geen drie weken slapen.

Liever kat dan dame

Er was eens een dame in Bronk aan de Rijn,
die zei: Ik had liever een kat willen zijn.
Ik hoef me gelukkig voor niemand te schamen,
maar toch ben ik liever een kat dan een dame.

Waarna zij zich fluks naar de leeszaal repte
en een toverboek leende met toverrecepten.
Op bladzijde negentien stond, onder andere,
Hoe gij uzelf in een kat kunt veranderen.

Dat was het recept en zij kon dus beginnen.
Zij was al een eindje gevorderd in spinnen.
Zij gaf al een kopje, maar toen, na twee weken
was de uitleentermijn van de leeszaal verstreken

en moest dus dat boek naar de leeszaal terug.
Wel, dat was natuurlijk een beetje te vlug.
Toen moest deze dame haar pogingen staken
midden in het hoofdstukje *Kroelen op daken.*

Ze zei: Het is vervelend zo alles te zamen,
maar goed, als het zo staat, dan blijf ik maar dame.
Nu zit zij dus weer in het daaglijks bestuur
van de huisvrouwenbond, maar des nachts om één
uur,
dan gaat zij het vlierinkje op zonder bril
en als ze een muis ziet, dan zit ze heel stil.

En laatst kwam ik eventjes daar op visite.
Zij dronk juist haar schoteltje melk, in de suite.
Toen dacht ik oei, oei en ik moest het beamen:
zij is nog geen kat, maar toch ook niet meer dame.

Literatuur

Toen ik verloofd was met René
die zoveel hield van Hemmingway,
las ik het werk van Hemmingway
omdat dat werk me zoveel dee.
Maar toen het uit was tussen ons,
toen kreeg ook Hemmingway de bons.

Daarna was ik met Guus verloofd
en kende Ibsen uit mijn hoofd.
Later, met Peter, hield ik zo
enorm van Valéry Larbaud.

Maar ik ben nooit verloofd geweest
met iemand die Homerus leest,
en ik heb nooit een man bemind
die Rabelais het hoogste vindt.

Er zijn dus nog verscheiden gaten,
helaas, in mijn cultuur gelaten.
Ik hoop nog altijd op Pascal,
maar wat dan ook, in elk geval:

hoe meer het aantal liefdes stijgt
hoe meer ontwikkeling men krijgt.

De man in het houten hokje

In de Rammekes-straat
waar de tram door gaat,
daar staat een houten hokje,
en daar woont een man
die toveren kan,
die toveren kan met een stokje.

Hij vraagt je prompt
als je binnenkomt:
Wat zal ik nu eens van je maken?
Een hond of een kat
of een muis of een rat
of een kikker, die hard kan kwaken?

En netjes en gauw
betovert hij jou,
van hokus, pokus, pilatus,
in een mus of een spreeuw
of een koe of een leeuw.
Hij betovert je helemaal gratis.

Dus als je eens fijn
iemand anders wilt zijn,
geen jongetje meer, maar een bokje,
die man weet wel raad
in de Rammekes-straat,
die man in zijn houten hokje.

Het mannetje Rederop

Boven op de bergentop
woont het mannetje Redderop.
Wat doet het mannetje Redderop daar?
Hij wast zijn handen en kamt zijn haar.
Hij schuurt zijn muren van glazuur.
Hij boent zijn vloer van politoer.
Hij harkt zijn tuintje van Ras-Ris-Ras
Hij melkt zijn koetje en maait zijn gras.
En als dat allemaal is gedaan
begint hij weer van voor af aan.
O, o, wat is dat raar!
Nooit is het mannetje Redderop klaar.

De markiezin van Toerlatooi

De markiezin van Toerlatooi
    droeg hele hoge krullen.
Van buiten leek het prachtig mooi,
van binnen zat een baaltje hooi,
    dat was om 't op te vullen.

Maar dat wist niemand op 't kasteel,
    dat wist alleen de kapper.
En iedereen zei: Krimmeneel!
Wat prachtig haar, hè? En zo veel!
    Het maakt haar werk'lijk knapper!

De markiezin ging van de week
    een buurvisite maken
bij de baron van Kattesteek;
zij dronk er thee met gembercake,
    en liet het zich goed smaken.

Maar o, wat vloog daar met een zwaai
    ineens in haar coiffure?
Met veel gekrijs en veel lawaai...
't Was de baron z'n papegaai!
    Dat beest zat vol met kuren.

De markiezin van Toerlatooi
    aan 't gillen en aan 't brullen!
O, doe dat monster in een kooi!
De papegaai vond het wel mooi
    en pikte in de krullen.

Hij pikte hier en pikte daar
    en toen, en toen... ach heden!
het kapsel zakte in elkaar
en plotseling viel er uit dat haar
    een hooiberg naar beneden.

De markiezin is woest en bleek
 naar haar kasteel vertrokken,
het hooi lag in de gembercake
en de baron van Kattesteek
 bleef achter, erg geschrokken!

Mei

Wanneer ik u een goede raad mag geven:
de vlier bloeit, het is mei. Vooruit, pluk vlier!
Het is niet zo vaak mei meer in uw leven,
misschien nog dertig keer, misschien nog vier.

U kunt die tijd natuurlijk ook benutten
door de courant te lezen hier op aard.
Er zijn zeer veel couranten hier beneden,
maar zijn ze, achteraf, de moeite waard...

Want als u strakjes binnen wordt gelaten,
daarginder op die ster, in het portiek,
dan zult u ergens over moeten praten
en niet zo heel veel over politiek.

Als u de EDG daar gaat bespreken,
dan luisteren ze weliswaar beleefd,
maar 't zijn daar op die ster volslagen leken,
ze weten echt niet waar u 't over heeft.

Vertel hun dus maar niets van filmjournalen,
zeg überhaupt maar niets van Polygoon.
Begin maar liever over nachtegalen,
die kennen ze. Vertel hun maar gewoon

hoe lief de merels zijn op deze aarde
in mei. En hoe 't met de seringen staat.
Dan strijken ze daar zachtjes langs hun baarden
en zeggen: ja, zo was het. Inderdaad.

En daarom moet u voor die tijd wel weten
hoe pruimebloesem ritselt als het waait,
en hoe de vlier bloeit. U moet niet vergeten:
de meien zijn betrekk'lijk dun gezaaid.

Meneer Van der Peet had het altijd zo heet

Zoals iedereen weet
kan meneer Van der Peet
niet zo bijster goed tegen de hitte.
O, hij had het zo heet
en hij heeft zich ontkleed
en hij is in de koelkast gaan zitten.

’t Was een heerlijk gevoel,
want daar had hij het koel
en hij is er zijn krantje gaan lezen,
maar het hele gezin
zocht zich gek in ’t begin
en riep steeds: Waar zou vader toch wezen?

En het duurde een week
voor de keukenmeid keek
in de koelkast, op zoek naar augurken.
En ze slaakte een kreet,
want meneer Van der Peet
zat daar midden in ’t ijs op z’n hurken.

Ach, ze wisten geen raad!
Als een diepvries-tomaat
zat hij daar in het ijs opgesloten.
Maar mevrouw zei, heel wijs:
Leg het hele blok ijs
bij de kachel, voorzichtig, niet stoten!

Bij het knappende vuur
smolt het ijs op den duur
en meneer Van der Peet kon weer praten.
Hoe, wat heb ik het heet,
zei meneer Van der Peet,
waarom heb je me daar niet gelaten?

Nu vertelt hij het vaak
aan een klant in de zaak:
’k Heb een week in de koelkast gezeten.
’t Was zo fijn, ik bedoel:
’t was zo rustig en koel,
’t was een weekje om nooit te vergeten...

Mevrouw Van Lijsterslag

Kent u mevrouw Van Lijsterslag?
Kom, kom, u kent haar stellig!
Zij heeft zo'n opgewekte lach,
zij is zo blij, de ganse dag,
zij keuvelt zo gezellig.

Wanneer u heel veel zorgen hebt
komt zij blijmoedig binnen.
Al bent u ook totaal verlept,
u wordt door haar weer opgepept,
ze gaat direct beginnen.

Ze praat van flink en dapper zijn,
ze zegt: we blijven hopen,
na regen komt weer zonneschijn
en het geluk – dat is zo fijn –
is niet voor geld te kopen.

Ze is vooral zo positief,
dat ziet men aan haar hoeden,
die zijn zo ethisch en massief.
Zij ziet ook in de grootste dief
altijd alleen het goede.

Zij weet wat Liefde al vermag.
Zij zal ons opwaarts stuwen!
Zo is mevrouw Van Lijsterslag.
Ik denk dat ik haar zaterdag
onder de trein zal duwen.

De mislukte fee

Er was er 's een moeder-fee.
En had ze kindertjes? Ja, twee.
Twee kleine feeënkindertjes
met vleugeltjes als vlindertjes.
Ze waren beiden mooi en slank,
maar 't ene kind was lelieblank,
zoals de feetjes wezen moeten
en 't andere kind zat vol met sproeten.

De moeder was heel erg ontdaan.
Ze waste 't kind met levertraan,
met katjesdauw, met tijgermelk,
ze doopte 't in een bloemenkelk,
maar 't hielp geen steek, o nee, o nee,
het was en bleef een sproetenfee.

M'n dochter, zei de moeder toen,
nu kan ik niets meer aan je doen.
Je bent als fee (zacht uitgedrukt)
volledig en totaal mislukt.

Ga naar de koning Barrebijt
en zeg daar: Uwe Majesteit,
m'n moeder doet de groeten.
Ik ben een fee met sproeten.

Wellicht neemt koning Barrebijt
je dan in dienst als keukenmeid.
Die man heeft altijd wel ideeën
voor min of meer mislukte feeën.

Het feetje ging direct op weg.
Het sliep 's nachts in de rozenheg
en 't prevelde de hele tijd:
O Sire, Uwe Majesteit,

m'n moeder doet de groeten.
Ik ben een fee met sproeten.

En toen ze aankwam in de stad
stond ze te trillen als een blad.
De koning opende de deur
en zei: Gedag, waar komt u veur?

En wit van zenuwachtigheid
zei 't feetje: Uwe Majesteit,
m'n moeder doet de groeten.
Ik ben een spree met foeten.

Wel, sprak de koning heel beleefd,
ik zie wel dat u voeten heeft,
maar u bent, op mijn oude dag,
de eerste spree die ik ooit zag.

Toen heeft hij dadelijk gebeld
en 't hele hof kwam aangesneld.
De koning zei: Dit is een spree.
Iets héél bijzonders. Geef haar thee
en geef haar koek. En geef haar ijs.
Ze blijft hier wonen in 't paleis.

Nu woont het feetje al een tijd
aan 't hof van koning Barrebijt
en niet als keukenmeid, o nee!
Ze is benoemd tot opperspree.

Ze heeft een gouden slaapsalet
en gouden muiltjes voor haar bed.
En alle heren aan het hof
die knielen voor haar in het stof.
Waaruit een ieder weer kan lezen
dat men als fee mislukt kan wezen
maar heel geslaagd kan zijn als spree.
Dit stemt ons dankbaar en tevree.

Moeder dicht

Mijn bladerloze schaduw mijdt het water
Ziezo hè hè, de eerste regel staat er.
en speurt de witte angst van eeuwen later
Ga weg! Ga spelen met je transformator!
Je ziet toch dat je moeder zit te dichten.
ik wend mij af en doof mijn vale lichten
ik heb tedúm tedúm tedúm *geweten*
Dat vul ik later in. Na 't middageten.
mijn weemoed maakt de koele vlinders wakker
van mijn getooide zelf. Daar is de bakker!
Zeg maar: een halfje bruin en een heel wit.
o grijze schim die daar zo heilloos zit
ik zie mijn grijze droefheid aan de kim
Da's tweemaal grijs. Dat kan niet. *naakte schim*
aan wie ik al mijn zachte treurnis zeg
En nog een rol beschuit! O is ie weg?
als dauw die druppelt van de trage bomen
Als jij nog één keer binnen durft te komen,
dan krijg je geen vanillevla vanavond!
zo druppelt in dit hart te zeer gehavend
Je moeder dicht. Ze heeft geen tijd, totaal niet.
Als vader thuiskomt gaat het helemaal niet.
Je moeder zou een Shakespeare kunnen zijn.
Ze is het niet. Dat komt door jouw gedrein.
Daar gaat ie weer. *O* humtum *klaar en koel*
in 't land van late regen en ik voel
mijn schamelheid. Een heer met een kwitantie?
Zeg maar: m'n moeder is met kerstvakantie.
mijn schamelheid. Wat is dat? Hoofdje zeer?
M'n schatje toch... Gevallen met je beer?
Je moeder komt... na na... daar is ze al.
Wees nou maar zoet – 't genie staat weer op stal.

Nicolaas Eduard Rammenas

Nicolaas Eduard Rammenas,
die had er een jas,
een prachtige jas,
een winterjas met knopen,
en toen de winter over was
zei Nicolaas Eduard Rammenas:
Nu ga ik die jas verkopen.

Voor een paar duiten
een jas met ruiten
en zakken van binnen
en zakken van buiten
en zeventien knopen,
kan helemaal dicht en kan helemaal open.
Wie wil hem kopen?

Niemand? Dan geef ik hem gratis present
aan de minister-president!

(Vind je niet, dat dat aardig was
van Nicolaas Eduard Rammenas?)

En als je nu iemand op straat ziet lopen
in een jas met ruiten en zeventien knopen,
dan weet, als je snugger bent:
dit is de minster-president

en dat is de jas... (ssst)
die vroeger was... (stil nou!)
van Nicolaas Eduard Rammenas.

Niet alleen de eendjes zwemmen in het water

Er leefde eens in Hillegom
een heer die in de vijver zwom
te zamen met de eenden.
En die verklaarde, dat hij kroos
ver boven erwtensoep verkoos
en dat hij dit ook meende.

Zijn vrouw stond aan de waterkant
en riep: Kom binnen, Ferdinand!
Zij jammerde en weende.
Maar deze heer uit Hillegom
zei: Nee, ik denk niet, dat ik kom,
ik blijf maar bij de eenden.

Nu zwemt hij daar de hele dag.
En alle eenden zeggen: Ach,
hij moet het zelf maar weten.
Zijn vrouw is echter zeer ontstemd,
omdat hij in de vijver zwemt
en nooit meer thuis komt eten.

De notaris die zo huilde

Er woont een notaris in Gilze-Rijen,
die elke dag op de stoep zit te schreien.
En als je gaat vragen, wat of er toch loos is,
dan jammert hij: Omdat de wereld zo boos is!
De mannen en vrouwen in Gilze-Rijen,
die hebben zo'n vreselijk medelijden!
En gisteren zeiden ze: Lieve notaris,
de wereld is slecht, en dat is iets wat waar is,
maar droog nu uw tranen eens af, aan dit laken,
wij zullen de wereld wel beter maken.
Maar ach, die notaris van Gilze-Rijen...
hij legde wanhopig zijn hoofd op de keien
en zuchtte: Ik dank jullie wel, voor de geste,
maar zo is het eigenlijk nog wel het beste.

Als jullie de wereld echt beter gaan maken,
dan gaat het vermoedelijk slecht met mijn zaken.
Toen zeiden die mannen en vrouwen: O,
dan doen we het niet, en dan laten we 't zo.

Nu zit de notaris van Gilze-Rijen
nog iedere dag op z'n stoep te schreien.
Hij doet dat (wat hierboven alreeds gezegd is),
omdat de wereld zo vreselijk slecht is.

Mijn tenen

Natuur heeft mij bedacht
met armen en met benen,
die mij bij dag en nacht
zeer goed diensten lenen
en, helemaal van onderen,
tien kleine wonderen:
mijn tenen...

Ik hou van mijn tenen
omdat ze geduldig zijn,
omdat ze kinderlijk en bloot
en zo onschuldig zijn,
ze zijn ontroerend en naïef,
ik heb ze lief, ik heb ze lief,
als ik ze zie zou ik wel uren kunnen wenen:
ik hou van mijn tenen.

Daar staan ze op een rij
als moedige soldaten,
zo argeloos en blij
en toch niet uitgelaten
en, door de hoogtezon gekust
zijn zij een ware lust,
mijn tenen...

Ik hou van mijn tenen,
is dat nou zo zonderling,
ze hebben nimmer in hun leven
ruzie onderling,
ze zijn aanbiddelijk en fraai
en altijd boeiend, nimmer saai,
als ik ze zie zou ik wel uren kunnen wenen:
ik hou van mijn tenen.

O, juffrouw Pook

O, juffrouw Pook, juffrouw Pook, zei de tang,
daar hangen we nou, naast de oven.
Wij kennen mekaar al zo vreselijk lang.
Ik denk elke keer als ik naast u hang:
We moesten ons nu maar verloven.

O, meneer Tang, meneer Tang, zei de pook,
ik wil nu direct met u huwen,
want ik ben van ijzer en u bent het ook.
Dan gaan wij te zamen door vuur en door rook;
dan ben ik voor eeuwig de uwe.

Toen dansten ze samen van ring king kong,
de ijzeren sarabande.
Het koor van de eierkolen, dat zong,
en het keteltje sloeg de maat, ding dong
en het vuurtje ging heel hard branden.

Nu zijn ze getrouwd, de pook en de tang.
Nu hangen ze samen, wang aan wang.
De een geeft de ander de tederste namen
en als ze nu gloeien, dan gloeien ze samen.

Ordelijk

Mijn kast is opgeruimd
en nu nog even –
dat had ik steeds verzuimd –
mijn leven.

Ik bind mijn kinderangsten
te zamen met een strik.
Ze kijken naar mijn handen
met een vergeelde blik.

En wat ligt daar, in godsnaam...
een kluwentje oud zeer.
Ik trek er even aan:
'ʼt is niet elastisch meer.

Een paar el oud geloof,
dat wind ik om een klos
voor ʼt sterfbed. Stel je voor,
dat lag daar zomaar los.

En hier ligt mijn Vertrouwen
dat alles Goed zal komen.
Wel wel, ik dacht dat Stientje
dat al had meegenomen.

Dit werk is gauw gebeurd
en ʼt is niet eens meer treurig.
Gordijntjes voor de kast
en ʼt is zó keurig!

Nu enkel nog mijn heimwee
en mijn gevoel voor jou.
Daar zijn geen laatjes voor.
De wereld is te nauw.

De Orrekiedor

In het land van de Orrekiedorren,
daar zijn ze allemaal gek.
Daar hebben ze groene snorren
en vlaggetjes in hun nek.
Daar hebben ze koperen tenen
en veren op hun hoofd.
Ze eten er kiezelstenen,
met boter en suiker gestoofd.

Als je iemand ziet flaneren
met een grote groene snor,
en een hoofd vol wuivende veren,
dan is het een Orrekiedor.

Oudejaar

Het ligt in de bedoeling – neem ik aan –
dat wij vanavond denken aan oom Joost,
die 't vorig jaar van ons is heengegaan.
En daarna aan de toekomst. Proost.

Dat wordt toch wel van ons verwacht, nietwaar:
met weemoed aan oom Joost, om twaalf uur.
Men doet die dingen liefst op oudejaar.
Maar al mijn weemoed valt in de frituur.

Ik doe mijn best, laat mijn gedachten gaan,
het raam uit, op de vleugels van mijn zucht,
tot heel hoog boven de Prins Hendriklaan,
maar 't is een heel gedrang daar in de lucht...

Zóveel gedachten die elkaar verdringen!
De mensen denken allemaal vandaag,
ze denken allemaal aan hen die gingen.
Al die gedachten vallen naar omlaag,
in de frituur. En daarom vraag ik u:
vindt u het goed dat ik het uitstel tot april,
het denken aan oom Joost? Of moet het nu?
Het maakt voor hem toch immers geen verschil.

Op zeventien april, om iets te noemen,
dan zal ik 's avonds denken aan oom Joost.
Dan ruikt het buiten aarzelend naar bloemen.
Naar jong en vochtig gras. Naar jeugd. Naar troost.

Pardon!

Wanneer ik loop in Oldenzaal
of Middelburg of Stadskanaal,
dan komt er altijd iemand aan
die vraagt: weet u de Lindelaan?
Zo iemand vraagt dat met een blik
vol blij vertrouwen. Dan zeg ik:
pardon ik ben hier zelf vreemd.

En zo ontmoet ik alle dagen
figuren die maar blijven vragen:
waar gaan wij heen met de cultuur
en waarom is de jam zo duur?
Is er nog Hoop in deze Tijd?
Dan moet ik zeggen, tot mijn spijt:
pardon ik ben hier zelf vreemd.

Komt er weer oorlog? vragen zij,
komt er nog eens een tiende mei,
en heeft het leven dan wel zin?
Zo ja, waar zit die zin dan in?
En zijn wij op de goede weg?
Waarop ik altijd treurig zeg:

pardon ik ben hier zelf vreemd
maar om u heen zijn mensen zat
die altijd weten hoe of wat.
Zij weten waar – in dit bestaan –
de weg is naar de Lindelaan.

Pas op voor de hitte

Denk aan juffrouw Scholten,
die is vandaag gesmolten,
helemaal gesmolten, op de Dam.
Dat kwam door de hitte,
daar is ze in gaan zitten
– als je soms wil weten hoe dat kwam.
Ze hebben het voorspeld: pas op, juffrouw, je
smelt!
Maar ze was ontzettend eigenwijs...
Als een pakje boter,
maar dan alleen wat groter,
is ze uitgelopen, voor het paleis.

Enkel nog haar tasje
lag daar in een plasje...
Alle kranten hebben het vermeld
op de eerste pagina.
Kijk het zelf maar even na.
Ja, daar staat het, kijk maar: DAME SMELT.

Die arme juffrouw Scholten...
helemaal gesmolten...
Als dat jou en mij eens overkwam...
Lâ we met die hitte
overal gaan zitten...
maar vooral niet midden op de Dam.

Plinke planke pluizen

Plinke planke pluizen.
Twee oude muizen
zitten samen, wang aan wang,
achter het behang.

Hun dochter is vandaag getrouwd,
beneden, in de havermout.
Zij heeft een flinke echtgenoot
en woont nu bij de tafelpoot.

En moeder muis zegt aangedaan:
’t Is allemaal erg goed gegaan.
Ze zag er o zo snoezig uit.
Ze was een allerliefste bruid.

En vader zegt, erg bedroefd:
Ik heb niet eens van ’t spek geproefd,
ik moest zo huilen van verdriet
en als ik huil, dan eet ik niet.
Jazeker, ik was erg ontroerd,
maar geef mij nu dat stukje zwoerd...
het gaat per slot om hun geluk...
nee, niet dat aangebeten stuk.
En, lieve vrouw, zo is het toch:
wij hebben nu elkander nog.

Plinke planke pluizen.
Twee oude muizen
zitten samen urenlang
achter het behang.

Poes Minetje telefoneert

Spreek ik met poes Mies? Hallo...
Ja Mies, je spreekt met nicht Minetje.
Ik dacht vandaag: Kom! dacht ik zo,
ik bel eens op. Hoe gaat het met je?
Heb jij ook poezekinders, nicht?
O ja? en kunnen ze al lopen?
O, hebben ze hun oogjes dicht?
Mijn kinders hebben ze al open.
Was jij ze ook af, met je tong?
Ik ook, ik doe het nooit met water.
Wat zeg je? Och, ze zijn nog jong,
ze worden heus wel zindelijk, later.
En Mies, heb jij een goede baas?
En ook een goeie vrouw getroffen?
Wat zeg je? krijg je leverkaas?
En melk met room? Dat noem ik boffen!
Mijn vrouw is ook heel goed voor mij.
We krijgen brood, alleen voor katten,
en soms een haringkop erbij,
'k hoef eigenlijk nooit iets te jatten.
Ja, 'k doe het wel eens, voor de sport,
zo'n lekker visje zonder graten,
dat pik ik stiekem van een bord,
als poes kun je zo iets niet laten.
En gisteren, moet je horen, nicht!
Wij hebben een kanarie hangen.
Ja, in een kooi, die kooi is dicht,
maar toch had ik 'm háást gevangen.
Ik sprong zo boven op die kooi,
dat beest aan 't piepen, zeg! Verbazend!
Maar toen, en dat was niet zo mooi:
toen kwam de vrouw en die was razend!
Ik kreeg een klap. Ze zei: Minet,
kanaries zijn niet om te eten.
Ik kroop maar onder het buffet,
daar heb ik drie kwartier gezeten.

Maar toch is ’t gek, hè, van de vrouw...
Als ik een muis vang, zegt ze: Knap hoor!
Dat mag dus wel, begrijp jij dat nou?
Ik ben een boon, als ik het snap hoor!

Nu krijg ik kramp, ja, in mijn poot,
niet erg, hoor, nee, ’t is maar een beetje.
Mijn oudste kind is al zo groot:
hij wast zijn eigen staart al, weet je!
Dag nicht Mies, daar komt de vrouw,
ze mag het eigenlijk niet weten...
Tot ziens en ’t beste hoor, miauw!
Tot kijk maar weer en smaaklijk eten.

De polder en het riet

De polder zegt: ik lig hier op mijn rug
en tuur de ganse lieve dag naar boven;
misschien is het verbeelding maar ik vind
dat ik aldus de wolken beter zien kan...
Of is het tóch verbeelding... zegt de polder.

En ondertussen schopt het water tegen 't riet
met blote voetjes, aldoor maar met blote voetjes
tegen het riet dat niets terugdoet en dat droomt
en dat maar wacht en dat maar droomt van...
Neen, niet daarvan...
Van zes Chinese paardeharen droomt het,
van zes Chinese haren uit de witte staart,
uit de Chinese staart van Kwin Yangs witte ros.
Van die zes haren zou Kwin Yang, als hij nog
leefde,
een wit penseel vervaardigen en daarmee zou hij
het wachtend riet vereeuwigen, als hij nog leefde...
Maar hij is dood, allang, allang... allang, allang,
Kwin Yang.
Maar sst, verzwijg het! Zeg het niet tegen het riet!
Het zou zo treurig worden, 't riet, als het dat
hoorde.
Het zou ineens de blote voetjes van het water
niet meer verdragen.

De polder zegt: ik lig hier op mijn rug,
maar als het donker wordt dan wil ik wel eens even
mijn ogen sluiten, want de wolken in het donker
maken mij eenzaam. En de vogels in het donker
maken mij eenzaam.
Of is het tóch verbeelding... zegt de polder.

Prins Ferdinand

Ken je het land van Kanebberdebebben?
Het land waar de mensen vleugeltjes hebben?
Het land, waar iedereen vliegen kan,
de bakker, de slager, de timmerman,
de schooljuffrouw en de onderwijzer,
en zelfs de keizer, ja zeker, de keizer!
Zijn vleugels zijn groter dan die van de rest,
hij vliegt ook het hoogst en hij fladdert het best!

De keizer heeft dochters, de keizer heeft zonen,
die ook in Kanebberdebebben wonen,
zijn jongste zoontje, dat is een bandiet!
die leren moet en hij doet het maar niet.
Hij fladdert maar rond boven huizen en bomen
op plaatsen waar prinsjes gewoonlijk niet komen.
Hij vliegt maar, hij vliegt maar, de keizer roept: Och,
waar vliegt die vervelende Ferdinand toch?

Maar wat hij ook moppert en bromt, de keizer,
die Ferdinand wordt maar geen ziertje wijzer.
De vorige week vloog hij tegen een kerk
en kwam weer naar huis met een hangende vlerk.
Vanmorgen is hij verkeerd geland
en viel in de modder, die Ferdinand.
Er kwam een lakei die het net zag gebeuren
en die hem weer naar het paleis moest sleuren.

De keizer zei: Bah, ben jij nu mijn zoon?
Vooruit, in het bad en maak je weer schoon,
en jongen, nu neem ik je nog tot je straf
voor veertien dagen je vleugeltjes af.
Dat was een verdriet, dat was een verdriet!
Wij mensen in Holland begrijpen dat niet.
Dat voelt men alleen in Kanebberdebebben,
waar alle mensen vleugeltjes hebben.

Raad

Neem nooit een dichter, m'n dochter.
Zo een met een dichterskop,
zo eentje met lange haren,
zo een op een zolderkamer,
zo een wordt er ook met de jaren
niet monogamer op...

Wat jij in hem liefhebt, dochter,
staat al in zijn bundeltje *Donkere sneeuw*.
Daarin staat al het verhevene.
De rest krijg je 's morgens bij zevenen
thuis. Als een meeuw.

Neem liever de kruidenier, dochter.
Want alle tederheid die bij hem
uitstijgt boven de kersenjam
en boven de kleine zakjes blauw,
dochter, is altijd voor jou.

Rebussen

En dit was de weduwe H. Q. van Gelder,
die in Arnhem een winkeltje had in een kelder,
met sponzen en zemen en zuurtjes en drop;
maar 's avonds dan loste zij rebussen op.

Ze loste de rebussen op in de kranten,
ze won een pendule, ze won een paar wanten,
ze won ook een heel kunstzinnige theebus
en eens op een dag won zij zelfs met een rebus
de hoofdprijs en dat was me nog eens een prijs:
een studieverzekering voor haar zoon Gijs.

Hij ging dus studeren, behaalde een graad,
verwierf toen het mede-directoraat
van een der belangrijkste Arnhemse banken
en dat had hij dus aan die rebus te danken.

Hij huwde een meisje van Heemsquerque Legroux
en schaamde zich vanaf die dag voor z'n moe,
die nog – met een schort aan – haar rebus oploste
en altijd precies wist wat leverworst kostte
en bovendien óók nog een Arnhems accent had.
Hij deed dus alsof hij haar nimmer gekend had.

Hij heeft haar nog één keer een briefkaart
    geschreven
en dat was het einde. Ja.

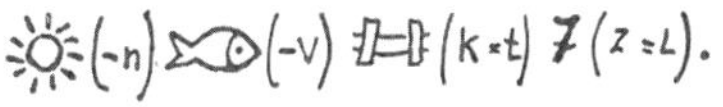

Rineke Tineke Peuleschil

Rineke Tineke Peuleschil,
bij ons in Amsterdam,
die vroeg de hele tijd maar door
hoe alles eigenlijk kwam.

Rineke Tineke Peuleschil,
die vroeg bij voorbeeld: Hee
wáárom, wáárom, wáárom valt
de maan niet naar benee?

Ze vroeg het aan de bakker met
zijn dikke bolle wangen.
Die zei: Ze hebben ’m misschien
met touwtjes opgehangen.

Ze vroeg het aan de slager die
de karbonaadjes bracht.
Die zei: Daar heb ik eigenlijk
nog nooit zo aan gedacht.

Ze vroeg het aan de melkboer en
de melkboer zei: O, jee!
Vandaag of morgen vált die maan
misschien wel naar benee.

Ze vroeg het aan de man die het
elektra repareert.
Hij zei: Verdraaid, ik weet het niet,
dat heb ik nooit geleerd.

Ze vroeg het aan meneer Verheul,
de deftige notaris.
Hij zei: Ik denk punaises, maar
ik weet niet of het waar is.

Maar laten we 't gaan vragen aan
een hele knappe man:
de directeur van 't postkantoor.
Die weet er alles van.

Ze kwamen allemaal aan de deur
van 't grote postkantoor.
Ze vroegen 't aan de directeur,
ze vroegen het in koor:
Waarom valt de maan niet naar benee?

De directeur van 't postkantoor
zei: Wel, dat is bekend.
Daar zijn bepaalde wetten voor,
dat staat in 't reglement!

En iedereen zei: Dank u wel,
wat fijn om dat te weten!
Toen gingen ze naar huis toe om
een boterham te eten.

Maar Rineke Tineke Peuleschil
is niet zo erg tevree
Ze vraagt nog altijd: Wáárom
valt de maan niet naar benee?

Als jullie het te weten komt,
stuur dan een telegram
Aan Rineke Tineke Peuleschil,
bij ons in Amsterdam.

De rovers en de maan

Er waren eens drie rovers en ze woonden in een hol.
Het was erg ongezellig, want het stond zo vreselijk vol.
Er stonden koffers vol met goud en kisten diamanten
en zakken vol met zilverwerk, in oude ledikanten.
Ze zeiden treurig alle drie: Wat akelig is dat.
We willen weer gaan roven, maar we weten niet meer wat.
Ze piekerden en piekerden en krabden op hun hoofd.
Ze hadden alles, alles, alles, alles al geroofd.

't Was donker in het hol, maar door een kiertje scheen de maan,
een mooie ronde volle maan. Ze keken elkander aan...
De maan! Dat was een prachtidee. Díé zouden ze gaan roven!
Naar boven, jongens, zeiden ze. Onmiddellijk naar boven!
Ze namen de toren van Lutjebroek en die van Overschie
en die van Geldermalsen en toen hadden ze er drie.
Die torens zetten ze op elkaar. Ze klauterden naar boven.
Ze waren vastbesloten om die nacht de maan te roven.

Twee rovers deden hun ogen dicht, omdat ze duizelig werden.
Pak jij 'm maar. Doe jij het maar! zo zeiden ze tegen de derde.
De derde rover nam de maan en klauterde naar benee.

Kijk uit! Kijk uit! En hou 'm vast, zo riepen de
andere twee.
De maan was zwaar en spiegelglad, en toen opeens,
wat stom,
hij liet 'm uit zijn handen glijden –
rommelebommelebom! –
De maan viel naar beneden en kwam met een plons
terecht,
zo ergens in de buurt van Loenen, midden in de
Vecht.
Het gaf een sisser: Ssssst en SSSST! Toen was het
stil als 't graf.
Zodat we kunnen zeggen: Dat liep met een sisser af.

Gelukkig is er ergens (ja, ik weet niet of je 't weet)
een groepje oude heren, een commissie, en dat
heet:
Commissie ter Bevordering der Belangen van de
Maan.
Die keken net naar boven en ze zagen 'm niet staan!

De maan is weg! zo riepen ze. Wat moeten we nou
doen?
We kunnen toch niet leven zonder maan met goed
fatsoen?
Maar weet je wat? Het is nog niet zo'n vreselijke
strop:
We hebben nog een oude maan. Die hangen we wel
op.

De rovers kropen in hun hol, totaal versuft van
schrik.
Daar zitten ze te bibberen, tot aan dit ogenblik.
En jullie weet nu allemaal: de maan die je ziet staan
is eigenlijk de echte niet. 't Is een reserve-maan.

De schrijver in de boekenweek

We hebben de SCHRIJVER gezien op het feest,
zo natuurlijk en zonder decorum.
Hij was zo gewoon als elk ander beest
en zonder tralies voor 'm.
We hebben hem van dichtbij gezien,
't was 's morgens om tegen vijven.
We hebben gefluisterd: o, kijk, Christien,
nou zie je zijn vingers, hij heeft er tien;
daar zal hij zijn boeken mee schrijven.

We hebben de SCHRIJVER gezien in de zaak
waar hij stond om zijn werk te verkopen.
Zo schattig! Hij zette z'n naam zo vaak
en zijn jasje had twee rijen knopen.
Wij hebben gevraagd hoe of ie het dee,
dat schrijven van die boeken.
We vroegen: eh... zóékt u altijd een idee,
of komt het van eigens? En toen zei hij: nee,
soms moet ik er wel eens naar zoeken.

We zagen de SCHRIJVER op 't podium,
toen hij voorlas uit eigen werken.
Hij zei om het andere woord 'Ahum'.
Nerveus hè? Dat kon je goed merken.
We zagen de SCHRIJVER nog nimmer in 't bad!
Dat vinden we niet in orde!
We zagen hem droog, wanneer zien we hem nat?
Bestuur van de Boekenweek! Kan ook dat
nog even geregeld worden?

Maar hoe het ook zij, zo al met al
mag een ieder tevreden wezen:
we hebben de SCHRIJVER gezien op het bal,
in de zaal, in de winkel en overal...
Nu hoeven we nooit meer te lezen.

Samuel

De grote walvis Samuel
die wist het wel, die wist het wel!
Hij vluchtte onder water.
Als Samuel dat niet zou doen,
dan kwamen ze met een harpoen
wat vroeger of wat later.

Dan maakten ze van Samuel,
van kop en vin en staart en vel
een soort van margarine.
En Samuel begreep dat wel
en zat zo danig in de knel
en kon alleen maar grienen.

Hij jammerde van ach en wee,
zijn tranen vielen in de zee,
het waren walvistraantjes.
Ze vangen mij! riep Samuel,
en wat er overblijft, jawel,
dat is een handvol kaantjes.

Daar kwam een lieve albatros,
die riep: Kom, kom, het loopt wel los,
je moet je tranen stelpen.
Ik waarschuw je, hoor Samuel,
ik zie de walvisvaarder wel,
ik zal je heus wel helpen.

En toen de walvisvaarder kwam,
'n heel groot schip uit Amsterdam,
toen, wonder boven wonder,
toen riep de albatros: Hallo,
zeg Samuel, het is weer zo,
hee, Samuel, duik onder!

En Samuel dook in de zee
en hoefde niet in de hachee
en niet in margarine.
Bedankt, bedankt, riep Samuel.
De albatros zei: Alles wel?
Okee, om je te dienen!

Het scheepje in de fles

In Engeland was een prinses.
die had een scheepje in een fles.
'tStond boven op haar lessenaar.
Ze keek er elke middag naar.
Haar gouvernante zei: Prinses,
zit niet te dromen, leer je les.

Maar als de gouvernante las
en iedereen naar bed toe was,
nam de prinses haar rieten fluit
en klom het zoldervenster uit,
klom langs de klimop naar benee
en nam de fles en 't scheepje mee.

Ze liep rechtuit naar de rivier.
Daar was een kleine houten pier.
Dan blies zij op haar rieten fluit.
Ze floot en floot en floot en floot.
Dan werd het schip heel groot, heel groot...
Het groeide, groeide – in een wip
was het een heel groot kaperschip.

En daar aan boord was Zwarte Hein.
Hij was de kaperkapitein.
Hij nam 't prinsesje bij de hand.
Ze voeren weg uit Engeland.
En hoog boven de oceaan
stonden de sterren en de maan.

Ze joegen alle schepen na
tot aan de kust van Afrika.
Ze enterden, bij Ameland,
een schip met ruwe diamant.
Ze vierden feest van ho-li-ha
en speelden mondharmonika.

’t Prinsesje lief, ’t prinsesje klein
zij danste met haar kapitein.

Dan werd het licht, dan werd het dag.
Precies dáár waar het flesje lag,
daar ging het kaperschip aan land.
Ze nam het fluitje in haar hand.
Het was voorbij, het feest was uit
en de prinses blies op haar fluit.

Het scheepje kromp en kromp en kromp.
Het was niet groter dan een klomp.
Het ging vanzelf weer in de fles.
En dat was dat, zei de prinses.

Ze klom weer door het raam naar binnen.
Daar ging de nieuwe dag beginnen.
De fles stond op haar lessenaar.
Ze zat erbij en keek ernaar.
De gouvernante zei: Prinses,
wij leren nu de derde les.

Sebastiaan

Dit is de spin Sebastiaan.
Het is niet goed met hem gegaan.

LUISTER!

Hij zei tot alle and're spinnen:
Vreemd, ik weet niet wat ik heb,
maar ik krijg zo'n drang van binnen
tot het weven van een web.

Zeiden alle and're spinnen:
O, Sebastiaan, nee, Sebastiaan,
kom, Sebastiaan, laat dat nou,
wou je aan een web beginnen
in die vreselijke kou?

Zei Sebastiaan tot de spinnen:
't Web hoeft niet zo groot te zijn,
't hoeft niet buiten, 't kan ook binnen
ergens achter een gordijn.

Zeiden alle and're spinnen:
O, Sebastiaan, nee, Sebastiaan,
toe, Sebastiaan, toom je in!
Het is zó gevaarlijk binnen,
zó gevaarlijk voor een spin.

Zei Sebastiaan eigenzinnig:
Nee, de Drang is mij te groot.
Zeiden alle and'ren innig:
Sebastiaan, dit wordt je dood...
O, o, o, Sebastiaan!
Het is niet goed met hem gegaan.

Door het raam klom hij naar binnen.
Eigenzinnig! En niet bang.

Zeiden alle and're spinnen:
Kijk, daar gaat hij met zijn Drang!

PAUZE

Na een poosje werd toen even
dit berichtje doorgegeven:
Binnen werd een moord gepleegd.
Sebastiaan is opgeveegd.

Sinterklaas in de storm

O, wat er toch nu weer gebeurd is, zeg!
Bij Monnikendam op de grote weg,
daar zijn we toch zo van geschrokken!
Daar reed Sinterklaas op zijn dooie gemak,
hij was net met Piet en de roe in de zak
uit Monnikendam vertrokken.

’t Ging allemaal goed, ’t was een kalme rit
en Sint dacht juist aan Pietertje Smit,
die jongen die altijd zo lui is.
En toen ging het waaien, dat was me een wind!
Nou ja, zei de Sint. Och kom, zei de Sint
ik denk dat het even een bui is.

Het paard van Sint Nicolaas zette zich schrap,
’t ging tegen de wind in, zo stap voor stap
en Piet zei: Boe, wat een weertje.
Toen kwam er een windvlaag, zo vreselijk wild,
de Sint werd gewoon van zijn paard af getild,
hij vloog door de lucht als een veertje.

Nu stond er daar (gelukkig maar, zeg!)
een telefoonpaal in de weg,
het was een hele hoge.
Maar als die paal er eens niet was geweest,
dan hadden we nu geen Sint-Nicolaasfeest,
dan was hij weggevlogen!

Nu zat hij dus tegen die paal gedrukt,
die goeie Sint, van zijn paard af gerukt,
het leek of hij daar bleef kleven.
Een eindje verder zat Zwarte Piet
en kijk eens, zijn dat de cadeautjes niet,
die daar door het luchtruim zweven?

Had Sint niets gebroken, geen arm of been?
Gelukkig niet, hoor, alleen, alleen,
de schrik had hij wel te pakken.
Zijn bril was hij kwijt, da's waar, zijn bril,
maar de wind ging liggen, het werd bladstil
en de Sint liet zich langzaam zakken.

En meteen, toen hij daar weer die paal uit kwam,
toen stond daar een jongen uit Monnikendam,
die heeft Sinterklaas afgeschuierd.
Hij hielp Zwarte Piet met zijn muts en zijn jas,
en weet je wel, wie dat jongetje was?
Pieter Smit, die altijd zo luiert.

Dat liep goed af, zei Sinterklaas,
alleen mijn bril is weg, helaas,
maar verder is alles in orde.
En *jij* bent een flinke jongen, jij,
jij, Pietertje Smit, je krijgt van mij
de Telefoonpaal-orde.

Ja Sinterklaas, zei Pieter bedeesd,
en sindsdien is hij nooit meer lui geweest.

De sprookjesschrijver

Ik ken een man die verhaaltjes verzint
en 's morgens al heel in de vroegte begint.

Hij schrijft over heksen en elfen en feeën
van kwart over zessen tot 's middags bij tweeën.

Hij schrijft over prinsen en over prinsessen
van kwart over tweeën tot 's avonds bij zessen.

Dan slaapt hij en 's morgens begint hij weer vroeg.
Hij heeft aan een inktpotje lang niet genoeg.

Hij heeft in zijn tuin dus een vijver vol inkt,
een vijver door donkere struiken omringd,

en altijd, wanneer hij moet denken, die schrijver,
dan doopt hij zijn kroontjespen weer in de vijver.

Hij heeft nu al tienduizend sprookjes verzonnen
en is nu weer pas aan een ander begonnen.

En als hij daar zit tot het eind van zijn leven,
misschien is die vijver dan leeggeschreven.

Tante Helene

Tante Helene
is verdwenen,
wie heeft er tante Helene gezien?
Zo maar in ene
nam ze de benen.
Ging ze naar Venezuela misschien?

Pas nog geleden
zat ze beneden
op het gazonnetje vlak bij de heg.
Toen onze Tine
de soep op wou dienen
en naar haar zocht, was ze plotseling weg.

Geen van haar vrinden
wist haar te vinden,
iedereen zocht haar en schreeuwde en riep.
Iedereen treurde
toen het gebeurde,
iedereen dregde in 't Hollandse Diep.

Maar toen drie weken
waren verstreken
werd op een middag de was thuisgebracht.
De mand ging open:
theedoeken, slopen,
lakens en... kijk, wie had dat nou gedacht...

Tante Helene!
Met sneeuwwitte tenen.
Tante Helene lag ook in de mand!
Keurig gevouwen,
een tikje verkouwen,
netjes gestreken en keurig aan kant.

Nichten en neven.
Ik ben nog in leven!
zei tante Helene, gelukkig en blij.
'k Was bij de slopen
de mand in gekropen,
zo ging ik mee naar de stoomwasserij!

Nu is ze fitter
en ook stukken witter,
mangelen is toch zo goed voor een vrouw.
Tante Helene
staat weer op haar benen,
tante Helene is weer uit de vouw.

Tante To

Toen tante To in Amsterdam
vanmorgen naar beneden kwam,
om vijf voor half zeven,
toen zei ze heel verwonderd: Hee,
wat zit daar op de kanapee?
Wat zal ik nou beleven?

De hele kamer was versperd
want op de sofa zat een hert.
En tante To riep: Kssst! en Vort!
Ze gooide met een keukenbord.
Maar 't beest bleef rustig binnen.

Daar zat het, bij de radio,
terwijl die arme tante To
niet wist wat te beginnen
en heel erg opgewonden werd,
want op de sofa zat dat hert.

Ze heeft de brandweer opgebeld
en 't ook aan ome Bert verteld
en aan de commissaris.
De buren uit de hele wijk,
die kwamen. En ze riepen: Kijk,
daar zit-ie nou. Kijk daar 's.

Het is toch wat, zei ome Bert,
daar op die sofa zit een hert!
Maar niemand die er raad op wist.
Daar zat het beest. Het wou beslist
de kamer niet verlaten.

In vredesnaam, zei tante To,
vooruit, het is nou eenmaal zo,
we zullen 't daar maar laten.
Ze heeft er zich bij neergelegd.

Nu is ze aan het hert gehecht
en kan nu niet meer zonder.

En bovendien, aan het gewei
daar hangt nu het eetgerei
van boven en van onder.
En tante To zegt: 't Is niet gek,
ik heb een beeldig pannenrek.
Zo is het goed, naar mijn gevoel
En 't hert heeft ook een levensdoel.

Thérèse

Thérèse is altijd zo stil en bedaard,
Thérèse is altijd zo koel,
zij is 't meest flegmatische meisje op aard,
zij zit altijd zó op haar stoel.
Alleen als ze zwemt heeft ze 't echt naar haar zin,
wanneer ze een vijver ziet springt ze erin,
maar verder zó kalm; als ze net heeft gehoord
dat haar bridge-clubje 's morgens vroeg uit is
    gemoord
dan zegt ze: wel wel, dat is al wat ze zegt.
Haar moeder, die heeft het me uitgelegd:

weet u hoe het komt dat Thérèse zo is:
in 'n vorig bestaan was Thérèse een vis.
Daaróm is Thérèse zo koel en zo kalm,
in 'n vorig bestaan was Thérèse een zalm
en ze zwom
en ze zwom
om en om,
om en om
en ze zwom
in een vijvertje
of in een kom
en ze zwom en ze zwom en ze zwom.

Sinds enige tijd is Thérèse verloofd
met een warmbloedig heer genaamd Jo,
een man die zich erg voor haar uit heeft gesloofd,
maar als hij haar zoent, staat ze zó
en als hij haar wild in zijn armen houdt
voelt zij precies aan als een zak havermout.
Alleen als ze zwemmen, zo samen in zee
dan wordt ze wat losser, dan valt het wel mee;
toch moet ik hem waarschuwen, dat is mijn plicht,
die Jo moet toch nodig eens ingelicht:

weet u hoe het komt dat Thérèse zo is:
in 'n vorig bestaan was Thérèse een vis.
Daaróm is Thérèse zo koel en zo kalm,
in 'n vorig bestaan was Thérèse een zalm
en ze zwom
en ze zwom
om en om,
om en om
en ze zwom
in een vijvertje
of in een kom
en ze zwom en ze zwom en ze zwom.

En toen kort daarop is Thérèse getrouwd,
ze hadden in Riche een groot feest,
ze hadden een zalig soupeetje, koud,
het was allemaal keurig geweest,
maar na het souper was Thérèse zoek,
haar bruidegom zocht haar in iedere hoek
ze hebben gespeurd en ze hebben gedregd
in de Rijn in de Maas in de Waal in de Vecht,
vergeefs, en haar bruidegom ging naar 't hotel,
zo eenzaam en treurig en ziek en onwel,
hij kwam in de eetzaal en daar lag Thérèse
heel kalm en bedaard in de schaal mayonaise:

weet u hoe het komt dat Thérèse zo is:
in 'n vorig bestaan was Thérèse een vis.
Daaróm is Thérèse zo koel en zo kalm,
in 'n vorig bestaan was Thérèse een zalm
en ze zwom
en ze zwom
om en om,
om en om
en ze zwom
in een vijvertje
of in een kom
en ze zwom en ze zwom en ze zwom.

’t Gaat goed met Thérèse, zij blijft hem beminnen,
zij heeft negen zoons, alle negen met vinnen,
ze hebben een vijvertje, dat is gezond,
daar zwemt de familie in rond en in rond.

Het toverstokje

Toen Hansje Pansje Pingeling
vanmorgen vroeg naar buiten ging,
toen vond hij bij het kippenhok
een toverstok.

Hij ging naar huis toe, heel bedaard.
Daar zat zijn vader bij de haard
en Hansje zei: Hokus, Pokus, Pas,
ik wou dat jij een vogel was.

Zijn moeder keek hem angstig aan
en riep: Wat heb je nu gedaan?
Maar Hans zei: Hokus, Pocus, Pas,
'k wou dat jij óók een vogel was.

Toen waren bei z'n ouders mezen!
Wie heeft er ooit zo iets gelezen!
Ze zaten in een boom te fluiten
en Hans ging dadelijk naar buiten

en hij veranderde twee heren
in hele grote bruine beren
en hij veranderde twee vrouwen
in hele mooie witte pauwen.

Hans ging naar school en kwam daar binnen
en ging er dadelijk beginnen:
de juffrouw werd meteen een paard.
De meester werd een mokkataart.

Maar alle kinders die er zaten,
die heeft hij rustig zo gelaten.
Jeroen en Kees en Hein en Piet,
nee, die veranderde hij niet.

Alleen de grote mensen maar,
de hele stad door, hier en daar.
Zo liep ons Hansje op een drafje
en zwaaide met zijn toverstafje.

Meneer Van Dijk, de burgemeester,
veranderde hij in een heester
en juffrouw Bos, een lieve dame,
die werd een pot met twee cyclamen.

En alle kinders gingen mee:
ze vonden het zo'n leuk idee!
En telkens als er iemand werd
veranderd in een koe of hert,

dan riepen ze heel hard: Hoera.
Het was een heerlijk spel, maar ja,
er was na veertien uur getover
geen een volwassene meer over.

De kinders konden alles doen.
Ze speelden rover in 't plantsoen,
de hele dag en hele nachten
en niemand die er op hen wachtte.

Maar gek, dat altijd rover spelen,
dat ging verschrikkelijk vervelen
en zij werden vuil en vies en groen
en niemand gaf hun ooit een zoen.

En ze verlangden zo naar huis...
maar ja, hun vader was een muis,
hun moeder was een ander beest...
Wat waren ze toch dom geweest.

Ze gingen zitten, in een kring
en Hansje Pansje Pingeling
zei: Hokus, Pokus, Wielewaal!
En alles was weer heel normaal!
Hun vaders en hun moeders waren

geen mezen meer, of ooievaren,
maar heel gewone grote mensen.
Wat kun je je nog beter wensen?

Alleen de meester is verdwenen
vanaf zijn haren tot zijn tenen.
Hij was een taartje, moet je weten,
en iemand heeft hem opgegeten.

De trilogie

De boeken spreken:

Wij mogen op geen boekenplank ontbreken.
Wij staan er dan ook meestal alledrie.
Onze wieg staat in die streken
waar de mensen zelden spreken,
waar de bossen eeuwig zingen
voor een troep ellendelingen,
die maar zitten met hun handen op de knie.
Wij zijn de tri, wij zijn de tra, wij zijn de triolologie.
Wij zijn vol met van die droeve,
van die miezerige, stroeve,
van die norse, Noorse boeren op de hoeve.

Wij zijn zo heerlijk om cadeau te geven
voor de eiken boekenkast van tante Fie.
Want wij zijn een sterk brok leven
en haar kast is pas gewreven.
Wij zijn hard, maar nergens bitter,
zegt op zondag doctor Ritter.
Daarom zijn wij zo geschikt voor tante Fie.
Wij zijn de tri, wij zijn de tra, wij zijn de triolologie.
Boordevol met van die droeve,
van die zwijgende en stroeve,
van die noeste, woeste boeren op de hoeve.

Ik ben het eerste deel: *Og øren øewen ømt.*
In 't Hollands heet het: *Als de gore gletsjer gromt.*
De mensen zoenen nooit, maar staan alleen te
zwijgen,
terwijl zij zwijgende en staande kinders krijgen,
en aldoor hangt die gore gletsjer maar te grommen.
Helaas, helaas, het zalder toch van motte kommen.
De koe heeft ook al niet gekalfd, de koe is ziek
en staat te zwijgen in een stal van Anton Pieck.

Ik ben het tweede deel dat heet: *Og ør fjidomt*
en dat betekent: *Als de dooi de neus uitkomt.*
Dat gaat van øren fjøren og e svag ea søren
en ook in dit deel zal er wel weer niets gebeuren.
Als wij die hoofdpersoon Gødløf nou eens
begroeven,
dan zouden wij niet aldoor op die hoeve hoeven.
Maar ach, we zijn helaas nog maar aan 't tweede
deel.
Alleen in drieën wordt dit werk pas cultureel.

Ik ben het derde deel dat heet: *Og fjør eg hint*
en dat betekent: *Maar het rendier overwint.*
De bossen zingen eeuwig door, geheel in linnen.
De beer komt zomaar overdag de hoeve binnen
en Gødløf sterft op prima houtvrij papier.
De koe heeft nu gekalfd, dat was een heel gemier.
En Svagn vraagt: og øren søren galgenaas.
Dan zwijgt een iegelijk weer dertien pagina's.
En eindelijk op bladzij veertienhonderd zeuven,
dan antwoordt Ragnhild: og tøe ev øe og øeven.
Hartstochtelijk reiken ze elkaar de klamme hand,
want zoenen doen die mensen nooit daar in dat
land.
Wij zijn zo vol natuurgeweld, wij alledrie.
Wij zijn de tri, wij zijn de tra, wij zijn de triolologie.

Slotlied op de wijs van In der Halle des Bergkönigs:

Svagn, hav joe haende tøs,
haende tøs,
haende tøs,
Svagn, hav joe haende tøs,
ars slak jer og jer smøl.

Hmmmm tsjjjj
Hmmmm tsjjjj

Svagn, hav joe haende tøs,
ars slak jer og jer smøl.

Hmmmm tsjjjj
Hmmmm tsjjjj

Hmmmm tsjjjj tsjjjj tsjjjj tsjjjj tsjjjj tsjjjj
Rrrrrrrrrrmmm
Køl!

Tussen Schore en Goes

Tussen Schore en Goes
woont een cyperse poes
die nauwkeurig de jaartallen kent
van Filips de Tweede,
Christina van Zweden
en de pacificatie van Gent.

En vraagt men die kat:
Vertel ons eens wat
over Dante, dan doet ze 't direct,
en als je haar vraagt:
Wanneer leefde de maagd
van Orleans? weet ze 't perfect.

Maar vraag je een feit
uit een vroegere tijd,
zo bij voorbeeld uit Hellas en Rome,
dan weet ze het niet,
zodat je dus ziet:
haar ontwikkeling is onvolkomen.

Het is knap van die poes
tussen Schore en Goes –
o stellig, daar gaat het niet om,
maar vraag je: Citeer 's
een vers van Homerus,
dan kan ze het niet. Dat is dom.

’t Verhaal van tante Mathilde

En dit is ’t verhaal van tante Mathilde,
van tante Mathilde uit ’s-Hertogenbosch,
die niet aan de Sint geloven wilde
en altijd beweerde: Die baard, die zit los!
Die tabbert, die mijter, hij heeft ze gehuurd!
’t Is zo maar een mannetje, hier uit de buurt.
De hele familie verbleekte en trilde,
wanneer ze dat zei, onze tante Mathilde!

O, tantetje, wees toch voorzichtig! riep vader,
als Pieter het hoort, wordt ie vreselijk kwaad.
’t Is kwart over acht, het uur komt al nader,
daar wordt al geklopt, zo meteen is ’t te laat!
En werkelijk, nu ging het feest al beginnen;
tik-tik aan de voordeur. Daar kwamen ze binnen;
Sint Nicolaas, statig en streng en rechtop,
en Pieter, die strooide met koekjes en drop!

De kinderen zongen en juichten en gilden,
Sint Nicolaas lachte en wenkte zijn knecht.
’t Ging allemaal goed, totdat tante Mathilde
ineens hard ging roepen: Die baard is niet echt!
Ze deed een paar stappen naar voren... helaas,
ze trok aan de baard van Sint Nicolaas.
Het was of het hele gezelschap verkilde...
Wat dom en brutaal van die tante Mathilde!

Wat zou er nu komen? Wat ging er gebeuren?
Sint Niklaas, hij werd dodelijk bleek en hij sprak:
Het spijt me. Hoe zeer ik het ook moet betreuren,
maar tante Mathilde moet mee in de zak!
Je snapt, dat de kindertjes vreselijk schrokken,
ze kropen meteen achter moeders rokken.
En tante Mathilde? Ze beet en werd woest,
ze schopte en trapte. Maar ’t hielp niet, ze móést.

De volgende dag lag het schip aan de kade,
een prachtig nieuw schip, gemeerd aan de wal,
van allerlei werd in het ruim geladen:
ook tante Mathilde, met zak en al!
De schimmel, doodmoe van het daken bestijgen,
stond boven aan 't dek nog amechtig te hijgen.

De Sint wuifde vrolijk al heen en al weer,
en schreeuwde: Tot ziens, tot de volgende keer!

't Was frisjes en Pieterbaas blies in zijn wanten;
hij vroeg: Sinterklaas, nu even nog dit:
wat moeten wij strakjes beginnen met tante?
Met tante Mathilde, bij ons in Madrid?
Wat zeg je? zei Sint; hij werd bleek om de neus,
daar had hij nog niet aan gedacht, en heus...
Zijn verdere leven met tante Mathilde?
Daarginds bij hem thuis in Madrid? Hij rilde...

Toen zei hij: Laat tante Mathilde maar lopen,
zij is nu voldoende gestraft. Laat 'r los!
Ze maakten de zak-vol-tante open
en zij kon teruggaan naar 's-Hertogenbosch.
De hele familie stond op haar te wachten,
ze haalden haar binnen; ze huilden en lachten...

En weet je wat tante meteen heeft gezegd?
Toch weet ik het zeker: Die baard is niet echt!

We zullen 't er verder nou maar bij laten...
met tante Mathilde valt niet te praten!

Het verwaande lichtje

Er stond een kerstboom in de zaal
met honderdduizend lichtjes.
De kinders zongen allemaal
met vuurrode gezichtjes.

Een lichtje was erbij dat vroeg:
Ben ik hier nou wel nodig?
Het is hier immers licht genoeg?
Ik ben zo overbodig!

Ik wou het liefst in 't donker gaan
naar buiten, waar 't gaat sneeuwen.
Toen vloog het weg, door 't open raam,
en al die kinders schreeuwen:

Daar vliegt een lichtje! Vang het, zeg!
Kijk daar, tussen de takken!
Maar 't lichtje was al zo ver weg,
ze konden 't niet meer pakken.

Het vloog zo hoog, het ging zo ver,
zo ver boven de velden.
De mensen zeiden: Kijk, een ster!
Zo'n mooie ziet men zelden.

Het lichtje zwol, en zei: Jawel,
ik ben een ster, hierboven.
Kijk ik 's schijnen! En zo fel!
Nou zal ik nooit meer doven.

Er kwam een stormwind en een vlaag
van natte sneeuw, en regen.
Het lichtje suisde naar omlaag,
want daar kon het niet tegen.

O kijk, daar valt een ster, o kijk!
zo fluisterden de mensen.
Ze riepen allen tegelijk:
Nou mogen we iets wensen!

En nu het Kerstmis is vandaag,
nu wensen we de vrede!
Nooit viel een sterretje als vandaag
zo pijlsnel naar beneden!

De mensen waren vol geluk
en werden warm van binnen.
Ze kregen het opeens zo druk.
Ze moesten nu beginnen

iets aan die vrede te gaan doen
waarin ze nu geloofden.
Maar 't lichtje viel in een plantsoen
onder de sneeuw. En doofde.

Tv-vraaggesprek

Kijk daar zit weer een heer in 't beeld
die aan een and're heer iets vraagt.
Dit is toch iets wat nooit verveelt,
zo'n vraaggesprek is steeds geslaagd.

Zo, u ben dus meneer Van Boor.
Juist juist, en u maakt muizevallen.
Dat is wel iets bijzonders hoor.
Hoeveel wel? Noemt u eens getallen...
Zo zo, drieduizend muizevallen?
En doet u dat voor uw plezier?
Hoe lang maakt u al muizevallen?
Wel wel, sinds achttienhonderd vier?
En u bent zeker wel van plan
om door te gaan, meneer Van Boor –
met muizevallen maken dan?
O juist, u gáát er dus mee door.
Wel wel, zo zo, ik dank u, hoor,
en dit was dan meneer Van Boor.

Dat is zo fijn, voor u en mij:
ons toestel staat er niet voor niets,
er gaat geen uitzending voorbij
of Iemand vráágt aan Iemand iets.

Vertelt u eens, meneer Van Mook:
u eet alleen maar tafelkleedjes?
Zo zo, de franjes eet u ook?
O juist, bij stukjes en bij beetjes.
En mag ik vragen, sinds wanneer
eet u uitsluitend tafelkleden?
O, sinds Colijn. Wel, dank u zeer,
wij zijn erg dankbaar en tevreden.
Wij vonden 't interessant. U ook?
En dit was dan meneer Van Mook.

Zo gaat het elke avond verder.
Vertelt u eens, meneer Den Herder:
u klimt 's nachts altijd in de bomen?
Wel dat is interessant, meneer,
hoe bent u daar zo toe gekomen?
Hoezo, en waar en sinds wanneer?
Hoe lang verzamelt u al touwtjes?
Al veertig jaar? Is 't werkelijk waar?
Hoe lang kijkt u al naar de vrouwtjes?
O juist, al sinds uw tweede jaar.
Hoe lang springt u al over hekken?
Sinds vierendertig? Och och och...
Hoe lang zijn er al vraaggesprekken?
En Hoe Lang houden wij ze nog?

Het varkentje

Er was een klein varkentje, ergens in Soest,
die vond dat hij toch iets betekenen moest.
De andere varkentjes sliepen en knorden
en aten om dikker en dikker te worden,
maar dit kleine varkentje wou dat niet, hoor.
Nee, dit kleine varkentje ging naar kantoor.

Hij zat daar van negen tot kwart over vijven
facturen te tikken en brieven te schrijven
en post op te bergen en post te sorteren
en kon ook bijzonder goed telefoneren:
Jazeker mevrouw, 't komt in orde, hallo...
u spreekt met het varken van Bartels & Co.

De chef van 't kantoor zei: Merkwaardig is dat,
we hebben al zoveel typistes gehad.
De eerste was slordig en erg onnauwkeurig.
De tweede was lui en de derde humeurig.
Dit varken is vlijtig en altijd beleefd
en men kan zo zien dat het plichtsgevoel heeft.
Ja ja, zei de chef. En hij dacht: als het zó ging,
kreeg het varkentje spoedig salarisverhoging.

Om kwart over vijf, na het sluitingsuur dus,
ging 't varkentje altijd naar huis, met de bus.
Thuis fluisterde hij in z'n moeder d'r oor:
Zeg, morgen dan ga ik weer fijn naar kantoor.

Vier uur 's morgens

Waarom is er geen club van slapelozen?
Men is zo eenzaam als men wakker ligt.
Kijk, aan het voeteneind zit mijn neurose
en ziet mij aan met een bedroefd gezicht.

Ik heb 's nachts altijd zoveel te betalen!
Veel meer dan overdag. En ik ben bang
voor oorlog en voor ziekte en voor kwalen;
ik tel de friemeltjes op het behang

en ga vergeefs in mijn bewustzijn dreggen
of ik daar iets plezierigs vinden kan.
Zou 't helpen als ik verzen op ging zeggen?
Van Willem Kloos? Vooruit, daar gaat ie dan:

'Ik ween om bloemen, in de knop gebroken
en vóór den uchtend van haar rom tom tom...
Ik ween om... dingen... die niet zijn ontloken'
en verder? Toe, waar weende Willem om?

Op dit uur kan men zich tot niemand wenden.
De telefoon slaapt, leunend aan de muur,
de boeken slapen, moe van hun ellende
en ook de mensen slapen op dit uur

en alle kindertjes in hun pyama's
en alle vogeltjes in het plantsoen,
de zeehonden in Artis en de lama's,
ze slapen, er is niets met ze te doen.

De uilen slapen niet, heb ik gelezen,
maar hoe krijg ik een uil in dit vertrek?
En ook dan nóg, al zou d'r eentje wezen,
hebben we dan wel stof voor een gesprek?

Wat ben ik wakker, o, wat ben ik wakker!
'En om mijn harte dat niet werd verstaan'...
Hè hè, dat was het! Kloos was ook een stakker.
Is het nou nog geen tijd om op te staan?

Vissenhospitaal

Het burgervissenhospitaal,
dat was voortdurend vol.
De haring lag er, de garnaal,
de schelvis en de schol.

De goudvis lag er tweede klas,
Hij voelde zich zó ziek.
Hij dacht dat het verkoudheid was,
maar het was reumatiek.

De dokter was professor Zalm,
die langs de bedden zwom
en zei: Mevrouwtje, blijft u kalm,
't is niet zo erg hoor, kom.

Er lag een bloedarme tonijn,
die snikte in haar bed:
Ik ben een wees, mijn ouders zijn,
al jarenlang filet.

Jonkvrouw F. H. Q. Forel,
die zwom de voordeur in.
Ze zei: Ik voel me wat onwel.
Ik heb iets aan mijn vin.

Een ernstige patiënt, de elft,
bestond alleen van voren.
Hij lag daar nog maar voor de helft.
De rest was hij verloren.

Ik heb het aan mijn graten, zei
een zielige sardine.
Er is geen redding meer voor mij,
alleen penicilline.

Op het bezoekuur kwamen trouw
de moeder van de poon,
een kennis van de kabeljouw,
en af en toe zijn zoon

en dertienduizend kinderen,
van Alida de makreel,
(Men kon het niet verhinderen,
maar 't was een beetje veel.)

Helaas, daar kwam een groot kabaal.
Een kanjer van een snoek,
die vrat het hele hospitaal
op (inclusief bezoek).

De enige die overbleef,
dat was professor Zalm.
Ik ben zo blij dat ik nog leef,
zei hij, merkwaardig kalm.

Hij gaf een uitgebreid verslag
aan radio en pers.
We plaatsten het op zaterdag,
begrijp je, in dit vers.

De vlieg Eulalie

Er woonde dicht bij Overschie
een vlieg, die heette Eulalie.
Ze was de mooiste vlieg van 't land,
zo nuffig en zo elegant.
Ze stond een poos op haar balkon
en zoemde zachtjes in de zon.
En onder haar, in 't lover, zat
een bromvlieg op een eikeblad,
een hele mooie groen en blauwe,
die toch zo graag met haar wou trouwen.
Hij voelde zich heel erg alleen
en bromde zachtjes voor zich heen:

Eulalie, Eulalie,
'k ben zo blij dat ik je zie,
kom toch bij me, een, twee, drie,
Eulalie.

Maar Eulalie kwam niet zo spoedig,
want Eulalie was zó hoogmoedig,
omat ze zondag in de stad
en Frans toerist gestoken had.
Ze zong: Hei hei, tra la, hei hei,
hei hei, ik heb Frans bloed in mij.
Ze vond de bromvlieg te gewoon.
Hij bromde dus op droeve toon:

Eulalie, Eulalie,
'k ben zo blij dat ik je zie,
kom toch bij me, een, twee, drie,
Eulalie.

Maar Eulalie op haar balkon
stond maar te zoemen in de zon.
Zij was zó trots en ijdel, ách,
dat zij niet eens de zwaluw zag

De zwaluw heeft haar ingepikt
en in een oogwenk doorgeslikt
en weg was Eulalie de vlieg.
En nu, als ik me niet bedrieg,
zit nóg de bromvlieg in de bladeren
en snikt: Zij had Frans bloed in d'aderen!
Mijn Eulalie is opgevreten
en ach, ik kan haar niet vergeten...

Eulalie, Eulalie,
dat ik jou nu nooit meer zie
in de buurt van Overschie,
Eulalie.

Vrijblijvend

En als er een hemel mocht blijken te zijn
daarginds in die lichtblauwe verte
vlak achter die blinkende horizonlijn,
verwacht ik toch eerst graag offerte.

Ik ben op de aarde toen ook, indertijd
zo argeloos aan komen drijven...
nou, 't is om te dragen, maar niet – tot mijn spijt –
om over naar huis te schrijven.

Daarom wou ik eerst wat gegevens zien,
en ook graag een lijst met de namen,
want kijk, anders wordt het zo pijnlijk misschien:
stel dat de Van Klaverens kwamen

dan moet ik weer opstaan en ostentatief
de zaal uitgaan met mijn bazuintje,
dat geeft allemaal weer zo'n ongerief
en waar moet ik heen? Naar het tuintje?

Met vleugeltjes ben je wel gauw een eind weg,
dat is zo. Je kunt uit de voeten...
maar toch, ik ben bang dat ik Dingen Zeg
wanneer ik ze weer zou ontmoeten.

Dus iets als een passagierslijst misschien...
prospectus, of iets in die richting,
dan kan ik dat op mijn gemak eens bezien
vrijblijvend en zonder verplichting.

Wees dankbaar

Zoveel mensen hebben ’t minder,
zei mijn tante indertijd
(met een zweempje van verwijt
want dat zat toch altijd in d’r).

Denk aan onze nicht in Eelde
die ’t zo moeilijk heeft, m’n kind.
Staar je toch vooral niet blind
op de rijkdom en de weelde.

Sinds mijn tante dat gezegd heeft
denk ik aan mijn arme nicht,
die al achttien maanden ligt
en het financieel zo slecht heeft.

En dan denk ik aan mijn zwager,
wie het steeds beroerder gaat,
aan de muzikant op straat,
aan de zwaarbezochte slager,

en aan Cootje Miedema
die met lakentjes borduren
bijverdient in avonduren,
ziet u, en dan denk ik: ha,

weer een die ’t op ’t ogenblik
zoveel minder heeft dan ik.
En ik snik van dankbaarheid...
Wat een rotmentaliteit!

Wesp

Ik lees: *Het leven der insekten.*
Geloof me, de natuur is mooi.
Er is een wesp, zo'n langgerekte,
en deze wesp verlamt zijn prooi –

een rups bij voorbeeld – met drie steken,
bewaart hem onder berkebast,
en heeft dan, dat is wijs bekeken,
een diepvriesvoorraad in de kast.

't Is net als bij de Roelkema's:
mevrouw is mooi, vitaal en hups.
Meneer is meer het levend aas,
hij is zo ongeveer die rups.

Zij heeft hem indertijd gestoken,
ze spoot hem zeer terdege in.
Nu zit hij daar ineengedoken,
een levend voedsel voor 't gezin.

Als hij zich ooit bewegen wil,
hoeft zij haar angel enkel uit te steken
en hij zit weer een jaar lang stil!
Dat is dus allemaal zeer wijs bekeken.

Ja de natuur is mooi, zoals gezegd.
Heel mooi en wijs, en alles komt terecht.

Het wielewalen-weeshuis

In 't wielewalen-weeshuis op de Oude Pinnetjesgracht,
daar wonen al de wielewalen-wezen,
wier ouders lang geleden door de kat zijn omgebracht,
en al die kleine wielewaaltjes, 't zijn er honderd acht,
leren daar zingen, rekenen en lezen.

Ze krijgen soep met balletjes en boerenkool met spek
en grutjes, met een korstje uit de oven. En 's middags gaan ze
wandelen, een eindje buiten 't hek,
en 's avonds gaan ze slapen met hun vleugeltjes boven dek
en allemaal met de snaveltjes naar boven.

Maar gisteren stond er zo maar een vreemd vogeltje op de stoep,
die wou in 't wielewalen-weeshuis wonen.
De wielewalen-juffrouw zei: Wat bent u van beroep?
Wat bent u voor een vogeltje? Behoort u tot een groep?
En hebt u ook Papieren om te Tonen?

Toen zei dat kleine vogeltje: M'n broertjes en m'n zus
die hebben me uit de dakgoot zitten douwen.
En wat ik voor een vogel ben? Ik ben gewoon een mus...
ik ben nou wel geen wielewaal, juffrouw, maar kijk u 's,
ik kan toch evengoed niet tegen snauwen!

Vooruit, kom dan maar binnen hoor, zo zei de
  juffrouw zacht,
er is hier plaats genoeg. En óók voor mussen.
En al die kleine wielewaaltjes, 't zijn er honderd
  acht,
die lopen nu te wandelen op de Oude
  Pinnetjesgracht
en één klein mussekindje loopt ertussen.

Wladimir

Ze had haar hele leven al gedacht:
als ik een zoon krijg, heet hij Wladimir.
En hij moet blond zijn en zijn ogen zacht
en grijs. Zo moet hij heten: Wladimir.

Hij moet iets teders hebben en iets fiers
en hij moet heel de wijdheid in zich dragen
van Rusland, en van al die Wladimirs
die op hun paarden door de steppe jagen.

En toen ze zwanger was, zat ze voor 't raam
en zag een ruiter in de najaarsregen
en zei dan hardop duidelijk zijn naam...
Het werd een jongen van een pond of negen.

Haar hele schoonfamilie kwam, uit Soest,
en zei dat hij zo op oom Henry leek
en dat hij dus notaris worden moest.
Ze riepen het aldoor. De hele week.

Toen ze alleen was zei ze nog één keer:
dag Wladimir, en streek hem langs het haar.
En na die avond zei ze het nooit meer.
Straks rijdt hij op zijn stepje langs 't trottoir,
maar nimmer door de steppe, naar ik vrees...
en hij heet – Wladi mirnichts, Wladi dirnichts –
Kees.

Wij en zij

Men kan niet winkelen met een man.
Hij zegt al bij de eerste hoed:
neem die nou maar, die staat je goed.
Hij wordt er zo verdrietig van.
Maar 't winkeltje van ijzerwaren,
daar blijft hij staan, al was het jaren.

Men kan niet roddelen met een man,
want hij vindt roddelen ordinair.
Hij geeft zichzelf een ethisch air
en dan is er zo weinig an.
Dat Mientje een verhouding heeft,
dat is iets waar hij niets om geeft.

Men kan niet wandelen met een man.
Hij schijnt het maar niet te bevatten,
dat wij geen peren willen jatten
met onze nieuwe swagger an.
Men kan niet met hem op bezoek gaan,
want hij houdt zijn manchester broek aan.

Men kan niet praten met een man,
zelfs niet over een soepterrien.
Hij vindt dat wij die soepterrien
veel te emotioneel bezien,
en hij bekijkt dat ding dus liever
in groot verband, en objectiever.

Zodat ik soms de vraag toch stel:
wat kan men met een man dan wél?
Nou ja, men kan... eventueel...
maar toch, au fond, niet zooo heel veel.

Zeven motten

Zeven motten in een mantel,
wiedele wintel, wiedele wantel,
zeven motten in een mantel van mevrouw.
Die twee grote zijn de ouders
en die wonen in de schouders
en de kindertjes die zitten in de mouw.

Moeder Mot zegt: Is het lekker?
Morgen gaan we naar de jekker,
morgen gaan we naar de jekker van meneer!
En dan krijgen we als toetje
nog een heerlijk vilten hoedje,
o, zo'n lekker vilten hoedje, met een veer!

Eerst maar zoet die mouw opeten
en 't manchetje niet vergeten!
Als die mouw op is, dat zeg ik jullie vast,
mag je naar het mottenschooltje
in dat roze kamizooltje
op het allerhoogste plankje van de kast.

Wiedele wintel, wiedele wantel,
zeven motten in een mantel.
Dan gebeurt er een verschrikkelijke ramp.
Want ze gaan de kleren luchten
en de motten moeten vluchten
en ze vluchten in de franje van de lamp.

't Kleinste motje zit te klagen
en om ribfluweel te vragen,
maar de vader zegt dan eindelijk, tot slot:
Blijf maar zitten, eet maar franje,
anders komen ze weer an je,
en... zo is het leven, kind... wat mot, dat mot.

Zomeravond

Ik lig al in bed,
maar de zon is nog op
en de merel is zó hard aan 't fluiten!
Ik lig al in bed,
met de beer en de pop
en verder is *iedereen* buiten.
De radio speelt
in de kamer benee
of is het hiernaast bij de bakker?
Nou hoor ik een kraan.
O, ze zetten weer thee
en ik ben nog zo vreselijk wakker.

Ik lig al in bed
en ik mag er niet uit,
want de klok heeft al zeven geslagen.
Ik wil een stuk koek
en een halve beschuit,
maar ik durf er niet meer om te vragen.

Ik lig al in bed
en ik speel met mijn teen
en de zon is nog altijd aan 't schijnen.
Ik vind het gemeen
dat *ik* nou alleen
in mijn bed lig, met dichte gordijnen.

1960–1984

A la crème

Weg met alles wat me bindt aan het huis.
Weg met de keuken en het gasfornuis
en de pot en de ketel en de vaat incluis.
Weg met alles wat me bindt aan het huis.

Ik bén geen dame
van de Ster-reclame,
die d'r man elke dag weer verblijdt
met soep uit een pak
of exotisch gehak
of een taart die ze zelf heeft gebreid.

En maar sexy wezen
en het damesblad lezen
en thuis zitten wachten op hém
en alleen kunnen praten
over wasautomaten
en de heerlijke hapjes à la crème.

Wég met alles wat me bindt aan het huis
en de veger en het blik en het gasfornuis.
Geef mijn portie maar aan 't Rooie Kruis.
Wég met alles wat me bindt aan het huis.

Geen enkel streven
in je hele leven,
behalve een wittere was,
en je doet er niks an,
want zelfs God is een man
en een vrouw komt er niet aan te pas.
Huishoudgeld
in ruil voor het bed
en maar mooi zitten wezen voor hem.
Het hele systeem
van spons en zeem
en de blinkende vloer à la crème.

Wég met alles wat me bindt aan het huis.
Weg met de theemuts en het breien bij de buis.
Weg met de keuken en het gasfornuis.
Wég met dat alles en de vént incluis.

We zullen ze even
een lesje geven,
een doodsmak geven à la crème.

Ballade van het ijskoude hart

Dit is Hermien,
zo elegant om te zien.
Zij heeft twee minks en een chinchilla bovendien.
Zij woont sinds kort in Middelburg.
Ze is getrouwd met een chirurg.
Hij werkt zeer hard in de kliniek.
Zij is alleen maar mooi en sjiek.
Wat hij verdient met zijn lancet,
dat zet zij om in dolle pret.
Zij heeft toiletten uit Parijs.
Zij heeft een hart zo koud als ijs.

Dat hart dat klopt alleen
voor mooie kleren.
Dat hart klopt enkel maar
voor schone schijn.
Geacht publiek, daar kunnen wij uit leren
dat mooie vrouwen koud en ongevoelig zijn.

Ha, ha, Hermien,
zij is misschien
de elegantste vrouw die men ooit heeft gezien
en zo gedurfd en zo apart,
maar, ja, zij heeft een ijskoud hart.
Terwijl zij droomt van duur en sjiek,
zwoegt haar gemaal in de kliniek.
Daar ligt een arme dominee,
een hartpatiënt, o wee, o wee,
sinds maanden niet meer in de kark.
Hij heeft een ernstig hartinfarct.

'Dat hart klopt zo gejaagd
en met syncopen.
Dat hart klopt ordeloos,'
zegt de chirurg.

Geacht publiek, dus laat ons nu maar hopen
dat er een ongeval geschiedt in Middelburg.

Toen reed Hermien
in haar limoezien
dwars door de middenberm op rijksweg
zeventien.
Zij werd de auto uit gezaagd.
Haar man heeft toestemming gevraagd
aan haar familie, maar (ha, ha!)
dat was hij zélf en hij zei: 'Já.'
Hij heeft het hart eruit gegraaid
en in de dominee genaaid
en iedereen verbaast zich zeer:
het hart werd wárm voor de eerste keer.

Nu klopt datzelfde hart
voor and're mensen.
Nu klopt dat hart zo warm
wanneer hij preekt.
Geacht publiek, och, laten wij maar wensen
dat deze dominee geen antistoffen kweekt.

Daarginds in de tuin

Daarginds in de tuin van de Franse markies
zijn heel geheimzinnige paden
met tulpen en lelies en rozemarijn
en een vijver vol priklimonade.

De kindertjes wiegelen daar in een boot
op de vijver, en zingen een liedje
en als ze niet zingen dan zuigen ze wel;
ze hebben een hééééI lang rietje.

De vijver is rood, als frambozen zo rood
en soms gaan ze pootjebaden.
Ze trekken hun broekjes ontzettend hoog op,
in de vijver met priklimonade.

Soms valt er een jongetje PLONS! omver...
dan redden ze hem het leven.
De andere kinderen likken hem af
want anders zou hij gaan kleven.

't Is fijn in de tuin van de Franse markies
vol bloemen en kronkelpaden,
maar 't allervoornaamste, dat is daar toch wel
de vijver met priklimonade.

Dag mevrouw De Bie

Ieder jaar opnieuw
zit ik in de caravan,
ieder jaar opnieuw
onze eigen caravan.
Jan waar staan we nou?
Is dit Ober-Beieren?
O, in Griekenland?
Hee, pas op de eieren.
'k Sta weer in de modder
net als overal,
net als in het Grindelwald
en in Portugal.
Als ik uit het raampje kijk,
weet u wat ik zie?
Dan zie ik de caravan
van mevrouw De Bie,
die komt ook uit Holland,
ja, uit Overschie,
dat is ook toevallig,
dag, mevrouw De Bie,

hoe vindt u 't hier in Griekenland?

MEVR. DE BIE 'O, gezellig, alleen de sla is hier niet lekker.'

En het jaar daarop
zit ik in de caravan,
mieren in de boter,
vlees dat gaat bederven.
Jan, waar staan we nou?
San Sebastian?
ik dacht Joegoslavië.
't Komt er niet op an.
'k Sta toch af te wassen
net als overal,

net als in Sicilië
en in Senegal,
alle zeven radio's,
daar en daar en daar,
van de and're caravans
spelen door mekaar,
vatenkwast en modder
is alles wat ik zie,
hee, dat is toevallig,
dag mevrouw De Bie,

en hoe vindt u 't hier in Spanje?

MEVR. DE BIE 'O, gezellig. Alleen de sla hier vin ik niet zo lekker, voor twee jaar in de Vogezen, weet u nog wel in de Vogezen. Daar was het mooi alhoewel ik altijd zeg: als je een Vogees gezien heb, heb je ze allemaal gezien, maar de sla was er lekker.'

En het volgend jaar
zit ik in de caravan,
tot ik honderd ben,
hier zal ik wel sterreven,
dit is Schweineburg
und es regnet ganz den Tag,
ik ben durch en durch,
Wasser Strömt in meinem Krag.
Ja, wat zei je Jan?
O, in Saint-Malot?
Ah, quel mauvais temps,
drop de l'eau sur mon dos.
Als ik uit me raampje kijk,
weet u wat ik zie?
Dan zie ik de caravan, van mevrouw De Bie.

De koning van Savoye

Dit is de koning van Savoye
die zoveel jonge dochters had:
zeventien lelijke, zeventien mooie,
zeventien blonde, zeventien rooie,
wat je maar wilt, van alles wat.

Al die prinsessen van Savoye
hadden drie kamerheren elk,
een voor het vriezen, een voor het dooien,
een om de kruimeltjes brood te strooien
over hun bord met karnemelk.

Iedere kamerheer van Savoye
had drie lakeien om zich heen.
Een om het huishouden te rooien,
een om met stenen naar te gooien
en eentje zo maar in 't algemeen.

Al die lakeien van Savoye
hadden een aapje met een staart
en al die aapjes in hun kooien
hadden wel honderdduizend vlooien,
dus dat was echt de moeite waard.

Want al die vlooien van Savoye
waren verschrikkelijk ongeremd,
gingen zich binnenshuis verstrooien
zoals dat meestal gaat met vlooien
en kropen in des konings hemd.

Die arme koning van Savoye
die zoveel jonge dochters had,
zeventien lelijke, zeventien mooie,
zeventien blonde, zeventien rooie,
had bovenal, dat was niet leuk:

jeuk,
erge
jeuk!

Het is over

’t Is over.
Hij zegt me niets meer.
Ik ben vrij.
’t Is over.
Het doet me niks meer
en ik ben blij. Hij is voor mij zo maar een
heer en al die
toestanden, dat hoeft niet meer.

Die man die thuiskwam, ’s avonds laat,
zo moedeloos en prikkelbaar,
dat alles is mijn zorg niet meer.
Dat is nou allemaal voor haar.
Ze mag hem hebben.

Het wachten in het grote bed
dat was het ergste, o, mijn God,
het aldoor wachten op zijn tred
en op de sleutel in het slot.
Ze mag hem hebben.

Z’n leugens en z’n draaierij,
z’n minderwaardigheidscomplex,
z’n sympathie voor Feijenoord,
z’n bril, z’n sokken en z’n sex.
Ze mag hem hebben.

Z’n auto en z’n fotoboel,
z’n rothumeur, z’n romantiek,
z’n dia’s en z’n schuldgevoel
en ook z’n whisky-erotiek.
Ze mag hem hebben.

Z’n politiek, z’n *Elsevier*,
z’n status en z’n overwerk,
z’n moppen over kapelaans,

z'n overhemden en z'n kerk.
Ze mag hem hebben.

En al de reisjes naar Parijs.
Toen, lang geleden, was het fijn,
maar, ja, toen waren we nog arm.
Alleen maar stokbrood en wat wijn.
Wij liepen zorgeloos en vrij
te slenteren op Montparnasse.
Maar later ging hij zonder mij,
kwam thuis met lipstick op zijn das.
Ze mag hem hebben.

Hij drinkt te veel. Dat is haar zorg.
Al drinkt ie hele emmers rum,
ik trek m'n handen d'r van af.
Dan maar een fijn delirium
Ze mag hem hebben.

Het valt niet mee, hoor, mooie poes!
Je hebt er tact voor nodig, meid.
Nou leef je in een roze roes,
maar dat gaat over mettertijd.
Dan moet je tonen wat je kan.
Dat wordt een hele zware test.
't Is niet eenvoudig met die man.
Ik hoop maar dat je het verpest!

Wacht even, waarom zeg ik dat?
Wil ik hem terug? Voor geen miljoen.
Ik hoef niet meer. Zij wou zo graag.
Nou goed dan, laat ze het dan doen.
Ze mag hem hebben.

Ik geef haar bitter weinig kans.
Ik weet niet, of ze van hem houdt.
Nu wel, maar op de lange duur?
Ook als hij ziek zal zijn en oud?
Hij is een kwetsbare figuur,
zoals je er maar weinig vindt.

Nu geef ik, net als in mijn jeugd,
mijn speelgoed aan een ander kind.
Hier is het.
Je mag het hebben.
Het is voor jou.
Pak aan dan.
Je mag het hebben,
want het is nou niet meer van mij. En veel geluk,
maar een ding vraag ik je. Maak het niet stuk.

Het leven gaat door

Niemand kende hem privé,
niemand woonde met hem samen.
Hij leefde enkel op teevee,
hij leefde in de Ster-reclame.
Daar kwam hij in een keurig pak
in een reclame voor cognac.

Hij was er vlak na het journaal,
we waren blij dat we hem zagen.
Het nieuws is zo catastrofaal
dat we 't nauwelijks kunnen dragen.

Alles gaat stuk,
grote verloedering.
Alles mislukt,
nergens verbroedering.
Eén grote beestenboel,
straks hangt de paddestoel
boven het schoollokaal,
zegt het journaal.
Straks komt de grote boem
doem doem doem.

Maar vlak na Iran en Irak
kwam hij met een glas cognac
zo rustig en op z'n gemak.
Hij zat op een bank,
hief het glas met de drank
en we dachten goddank, goddank,
het leven gaat door.
Dank u wel dank u wel,
het leven gaat door.

Maar 't journaal komt weer terug.
't Nieuws blijft alle dagen dreigen.

De wanhoop springt op onze rug
en is er niet meer af te krijgen.

Alles verpest,
waar moet je 't dán zoeken.
Enkel protest –
spandoeken spandoeken.
Straks wordt de kruisraket
op m'n balkon gezet
of in m'n trapportaal,
zegt het journaal.
Straks komt de grote boem
doem doem doem.

Maar vlak na Afghanistan
kwam hij en daar zat ie dan,
die aardige lachende man.
Hij zat op de bank,
hief het glas met die drank
en we dachten goddank goddank.
Dat leven gaat door,
dank u wel dank u wel.

En nu zit hij daarboven
naar we hopen en geloven
hand in hand met God
in een hemelse reclame-spot
in een bovenaardse Ster-reclame.
Amen.

Ongelukje

Ik weet dat ik een ongelukje ben.
Mijn moeder zei nog zo 'pas op, Johan!'
    tegen papa,
maar ja net iets te laat. Daar was ik dan.
    Ha, ha,
een kleine schrijffout, een slip of the pen.

Als de pil er was geweest,
hadden zij mij nooit verwekt,
maar 't principe van de pil
was toen nog niet eens ontdekt
en ik zit in dat belachelijke leven
en ik ben altijd een ongeluk gebleven.

Nou ja, toen ik er wás waren ze blij,
ik niet. Ik ben nooit blij geweest.
Ik denk: wat doe ik hier in godsnaam bij,
een outsider, een bietser op het feest
    en wát voor feest?

Maar waar ik me zo kwaad op maken kan:
m'n moeder zei nog zo 'pas op, Johan!',
maar ja Johan ging door, echt iets voor Johan,
en ik kwam er.
God, wat jammer.

Op een mooie Pinksterdag

Op een mooie Pinksterdag,
als het even kon,
liep ik met mijn dochter aan het handje in het
 parrekie te kuieren in de zon,
gingen madeliefjes plukken,
eendjes voeren,
eindeloos.
'Kijk nou toch, je jurk wordt nat,
je handjes vuil,
en pappa boos.'

Vader was een mooie held.
Vader was de baas.
Vader was een duidelijke mengeling van Onze
 Lieve Heer en Sinterklaas.
'Ben je bang voor 't hondje?
Hondje bijt niet.
Pappa zegt dat hij niet bijt.'
Op een mooie Pinksterdag
met de kleine meid.

Als het kindje groter wordt,
rosie in de knop,
zou je tegen alle grote jongens willen zeggen:
 'Handen thuis en lazer op.'
'Hebbu dat nou ook meneer?'
'Jawel, meneer,
precies als iedereen.
Op een mooie Pinksterdag
laat ze je alleen.'

Morgen kan ze zwanger zijn.
't Kan ook nog vandaag.
't Kan van de behanger zijn
of van een Franse zanger zijn
of van iemand uit Den Haag.

Vader kan gaan smeken
en gaan preken
tot hij purper ziet.
Vader zegt: 'Pas op m'n kind,
dat hondje bijt.'
Ze luistert niet.
Vader is een hypocriet.
Vader is een lul.
Vader is er enkel en alleen maar voor de centen en
de rest is flauwe kul.
Ik wou dat ik nog één keer
met mijn dochter
aan het handje lopen kon.
Op een mooie Pinksterdag
samen in de zon.

Pepijn de kat

Wat is dat? Pepijn de kat
gaat uit eten in de stad.
Net als alle echte heren
gaat hij buitenshuis dineren.
Heeft Pepijn de kat dan geld?
Heb ik dat nog niet verteld?
Sssst! Hij heeft het geld geleend
van een Monnikendamse eend.

Kijk, hij gaat een eethuis binnen.
Iedereen zit al te spinnen.
Katten-Corner heet het huis.
Daar eet men gestoofde muis,
en die dikke damespoezen
eten enkel slagroomsoezen.
Wel, Pepijn zegt deftig: Ober,
één diner, maar niet zo sober!

Tja, zegt dan de oberkat,
neemt u eens een sneetje rat!
En vervolgens kabeljauw
met een saus à la miauw.
Het dessert bestelt u later.
Goed, zegt dan Pepijn de kater.
Ach, wat eet Pepijn een boel.
Hijgend zit hij op zijn stoel.

Maar wie daar toen binnenkwam...
't Was de eend uit Monnikendam!
Kijk eens aan, gilt deze eend,
al dat geld van mij geleend,
en maar schransen van mijn centen!
'k Wil mijn geld terug! Met rente!
Maar dan klimt de kat Pepijn
hoetsjepoetsj in het gordijn.

En de eend denkt treurig: Ja,
hem kan ik niet achterna.
Daarom gaat hij met de tram
weer terug naar Monnikendam.

Nu, dit is dan het besluit:
leen nooit geld aan katten uit.

De regenworm en zijn moeder

Er was een regenworm in Sneek
die altijd naar de sterren keek,
en fluisterde: Hoe schoon, hoe schoon...
Zijn moeder zei: Doe toch gewoon,
kijk naar beneden naar de grond,
dat is normaal, dat is gezond,
kijk naar beneden, zoals ik...

En toen? Toen kwam de leeuwerik!

Het wormpje, dat naar boven staarde,
zag hem op tijd en kroop in d'aarde,
maar moe die naar beneden keek
werd opgegeten (daar in Sneek).

Dus doe nooit wat je moeder zegt,
dan komt het allemaal terecht.

Soort bij soort

Soort bij soort –
zeg het voort, zeg het voort –
soort bij soort,
precies zoals het hoort.

We trekken alles uit,
we zijn elkanders bruid,
elkanders therapeut,
heterosex is uit.

Soort bij soort –
ongestoord, ongestoord –
soort bij soort
in dit toevluchtsoord.

Dicht bijéén,
zacht, poezelzacht,
we vrijen nog alleen
met het eigen geslacht,
nooit meer verkracht,
het huwelijk is moord,
in oost en west en noord,
soort bij soort –
zeg het voort, zeg het voort –
soort bij soort,
precies zoals het hoort.

We varen samen uit,
enkel vrouwen in de schuit,
alleen in de kajuit,
heterosex is uit.

Soort bij soort,
elke man overboord,
nooit meer gepikt,
ondergeschikt,

nooit meer gepakt,
ruw neergesmakt
en doorboord
en geringeloord:
soort bij soort,
nooit meer uitgebuit.
Wij roepen het nu luid:
geen hom, maar kuit,
heteroseks is uit.

Soort bij soort –
zeg het voort, zeg het voort –
soort bij soort,
precies zoals het hoort.

Te lelijk en te oud

Te lelijk en te oud.
Een bittere conclusie
en ik koester geen illusie
dat je toch wel van me houdt:
ik ben te lelijk
en te oud.

Een vriendelijke zoen
is af en toe wel toegestaan,
maar 't mag vooral niet verdergaan,
daar moet ik het mee doen.
Een vaderlijk gebaar,
een doekje voor het bloeden,
maar God zal me behoeden,
het is gewoon niet WAAR!
Want dát is zo verraderlijk,
het is niet enkel vaderlijk,
'tis gloeiend en verschroeiend
en ook duizendmaal zo boeiend,
maar je zou me gaan ontwijken
als ik dat zou laten blijken,
want je vindt me sympathiek,
maar je walgt van me fysiek,
dus ik hou me in, uit zelfbehoud:
te lelijk
en te oud.

We hebben wel contact,
maar meestal telefonisch
en zo absoluut platonisch
als een koude bal gehakt.
Een vaderlijke vrind
die aardig is en centjes heeft
en af en toe presentjes geeft,
een soort van goede sint.
Soms denk ik dat ik stik,

ik kijk opzij, zodat je niet
de honger in m'n ogen ziet,
ik wil niet dat je schrikt.
Dat sensuele hongeren
is enkel maar voor jongeren,
ik moet je blik vermijden,
'k heb angst voor medelijden,
het zou me té veel krenken
als je van me zou gaan denken:
een ouwe geile bok
met de vlag op halfstok.
Ik heb een hart van goud,
maar de buitenkant is fout:
te lelijk
en
te oud.

Was dat nou alles?

Voor 't eerst naar bed met een man.
Het was heel anders dan ik dacht.
Ik weet niet wat ik had verwacht,
misschien de climax van geluk,
misschien een groot spektakelstuk.
Ik dacht: let op, nu wordt er een Apollo gelanceerd.
Maar 't was niet zo.
Ik dacht verkeerd.

Was dát nou alles?
Is dat de clou van het bestaan,
waar alle liedjes over gaan?
Is dat nou alles?
Was dat nou alles,
waar elke dichter over schrijft?
Is dat de kurk waar de boel op drijft?
Is dat nou alles?

Ik heb voorlichting gehad
vanaf m'n tiende.
Ik wist wat alles was
en waar 't voor diende.
Wat al die boeken vanaf Genesis
ook mogen schrijven,
je leert er niet van wat een penis is,
je voelt het pas wanneer het menes is
aan den lijve.

Was dat nou alles?
Ik weet het niet. Ik vraag het u:
is dát de hoofdgang van 't menu
en is de rest alleen maar jus?
Is dat nou alles?
Was dit nou alles,
de grote mijlpaal aan de grens,
het grote doelpunt van de mens,

het grote antwoord op mijn wens?
Was dat nou alles?

Is dit nou waar de maan voor heeft staan schijnen
sinds eeuwen en eeuwen en eeuwen?
Is dit nou waar de vrouwen om zuchten en kwijnen
sinds eeuwen en eeuwen en eeuwen?
Is dit waar de rozen voor geuren sinds eeuwen,
waar moralisten om twisten
en kerken tegen schreeuwen sinds eeuwen en eeuwen,
die ene daad
waar alles om gaat?

Is dit nou
het neusje van de zalm,
de krent in de pap,
het vet van de ketel,
de frappe van de grap,
de pit en het merg,
de top van de berg,
het doel van de trip,
de vlag op het schip,
het grote geheim,
het sacrament,
de room in de koffie
en het happy end?

Was dat nou alles,
het glanspunt van m'n repertoire?
Ik weet het niet. Ik vraag het maar,
want zelf kom ik er niet mee klaar.
Was dat nou alles?

Ja, dat was alles.
Dit is de uitkomst van de som.
Hier draait de hele wereld om.
Dit was dus alles.

Wat een planeet

Wat een planeet.
Erg groot is ie niet.
Je bent er in een uur omheen
met een satelliet.
Daar is ie dan,
gezien vanaf de maan,
wat een planeet.
Het leek zo goed te gaan,
we dachten hee,
we worden nog humaan.
Maar nee,
dát is niet doorgegaan.

We gaan d'r an,
zeggen de computers,
wij
en onze tegenvoeters.
De olie uitgeput,
het gas fini,
allemaal op,
de energie,
en ook de kringloop
is verstoord.
Het is voorbij
met de menselijke soort,
een ramp
op wereldschaal,
en 't is ook nog míjn schuld allemaal.

Want de geleerden,
de mensen die het weten,
de ongeluksprofeten
kijken me aan
met blikken vol vermaan,
zodat ik weet:
ík heb het allemaal gedaan.

Wat een planeet,
één derde deel dat zich te barsten vreet,
terwijl de rest voor onze ogen
crepeert op het journaal,
massaal,
en 't is ook nog míjn schuld allemaal.
De ondergang
staat voor de deur.
Help! Waar is de chef, de commandant,
de regisseur!
Wie is de baas van het bedrijf?
Helaas, het zijn er vier of vijf,
de een al loucher dan de ander.

Maar de hoogste commandant
is van nu af aan
een sjeik daar in het zand
met z'n hand aan de oliekraan.

Wat een planeet.
Zou dit de leukste zijn
of zou er een bestaan,
één melkweg verderop,
om allemaal naartoe te gaan?
Wie weet.
Maar moet het echt?
We zijn eraan gehecht,
die ouwe bol,
al is ie vuil en veel te vol
en één enorme keet,
toch... wat een planeet

Ik word zo moe, zo af en toe,
van de profeten
en ook zo kwaad
om al die onheilskreten.

Sterf dan maar uit met je club,
ik doe niet mee, ik ben een blijvertje!

Ga maar ten onder met je club,
ik niet, o nee, ik ben 'n survijvertje.

De energie is op, okee,
maar niet de mijne, en niet de uwe,
we kunnen ook nog zélf
en met de hand de wagen duwen.
Ziezo, als je dát maar niet vergeet.
Want o, o, o
wat een planeet.

Wat ik nou toch heb gelezen

Wat ik nou toch heb gelezen:
het bestond al bij de Grieken,
eeuwen geleden.
’t Kwam het al voor bij de klassieken,
Socrates, Plato,
ja hoor, die waren ook zo.
Al die grote filosofen
waar je ’t niet van zou geloven

en David en Jonathan
uit het ouwe testament,
daar wist iedereen het van,
dat was algemeen bekend.

Leonardo da Vinci
en Michel Angelo,
jazeker, die waren zo.

En zo veel grote componisten
waar hun moeders ’t niet van wisten,
al die grote genieën,
wereldvermaard,
waren Anders Geaard,
dus het waren mieën.

Iedereen wás zo,
behalve Picasso
en behalve Chagall,
maar da’s een twijfelgeval.

Noël Coward, André Gide
en nog talloze beroemde lieden
en Couperus en Ravel
en zelfs Willem Tell – die was zeker met Karel Appel,
nee, nou haal ik dingen door mekaar,
’t is ook allemaal zo raar –

maar van iedereen die geniaal was
praktisch niemand die normaal was.

Astrologen en internisten
en ontzettend veel pianisten,
zodat ik vermoed
dat heteroseksuelen
geen piano kunnen spelen,
tenminste niet goed.

Dat and're boekje dat ik heb
is van een pater jezuïet.
Nou: het *bestaat* wel, zegt de pater,
maar echt *mogen* mag het niet.
't Kan genezen zegt de pater,
met inkeer en met berouw
en met de Nijmeegse psychiater
en door de liefde van een vrouw
en als je bidt, en als je 't vraagt
aan de Heilige Maagd,

maar ik heb nergens gelezen
of het ook misschien
een protestantse vrouw mag wezen.
Nou, we zullen zien.

Wat voor weer zou het zijn in Den Haag

Als ik weg ben, voorgoed uit dit land,
als ik woon bij Menton of bij Nice,
in een bungalow dichtbij het strand,
waar het weer niet zo guur is en vies,
lig ik fijn in de zon op m'n rug.
Om mij heen bloeit de rozemarijn.
Ik wil nooit meer naar Holland terug
en ik denk vals: hoe zou het daar zijn,
nog zo nat, nog zo kil?

Wat voor weer zou het zijn in Den Haag,
wisselvallig met telkens een bui?
Wat voor weer is het daar nou vandaag?
Is het weer voor een vest en een trui?
Is er regen vandaag?
Waait de wind met een vlaag
alle voetgangers weg van het Spui
en duikt iedereen diep in zijn kraag?
Wat voor weer zou het zijn in Den Haag?

Wat voor weer zou het zijn in Den Haag?
Zijn de bomen nog kaal op 't Voorhout?
Wat voor weer is het daar nou vandaag?
Is het miezerig, mistig en koud?
Zijn de wolken weer laag?
Valt de regen gestaag?
Is lijn negen er nog zo benauwd?
Ligt het bier weer zo koud op je maag?
Wat voor weer zou het zijn in Den Haag?

Wat voor weer zou het zijn in Den Haag,
noordenwind met wat nevel uit zee?
Op de Denneweg ruikt het nu vaag
naar Couperus en ook naar sateh.
Zou 't pension er nog zijn
op het Valkenbosplein

met die mensen uit negentien twee?
Is het leven nog altijd zo traag?
Wat voor weer zou het zijn in Den Haag?

Wat voor weer zou het zijn in Den Haag?
Zijn de bomen al groen op het Plein?
O, wat zou ik verschrikkelijk graag
een moment op het Buitenhof zijn.
Langs de Poten te gaan,
voor de schouwburg te staan,
’t is niet nodig maar ’t lijkt me zo fijn.
Een kwartiertje is al wat ik vraag.
Ik verlang naar mijn eigen Den Haag.

Ja en toch (dat is gek) op den duur
ga ik hunk’ren naar Holland en huis,
naar de Afsluitdijk, mistig en guur,
naar de weerman bij ons op de buis,
naar ’t gezicht van professor Van Holk,
naar een tulp in een Hollandse tuin,
naar het ochtendblad en zelfs naar Henk,
naar het Kurhaus, de Pier en Kijkduin.

Wat voor weer zou het zijn in Den Haag?
Zijn de bomen al groen op het Plein?
O, wat zou ik verschrikkelijk graag
nou een uurtje vandaag
in mijn eigen Den Haag
op de Plaats of het Buitenhof zijn.
Ik wil weer terug. Dat is al wat ik vraag,
want ik ben met mijn hart in Den Haag.

Water bij de wijn

Zo'n jongen nou als Piet,
een intellectueel,
hij had niet zoveel eisen,
hij wou niet eens zo veel,
gewoon een beetje trekken,
de Balkan door of zo,
of een keer met een vrachtschip
naar de Golf van Mexico.
Maar Ansje z'n verloofde,
die zei: 'Da's niks gedaan.
Je moet solliciteren.
Hier staat een goeie baan.

Kijk eens Piet, er staat een uitstekende baan voor jou in de krant. "Dynamisch bedrijf zoekt creatieve medewerker, die belast zal worden met het leggen van contacten in de soepsector." O, Piet, dat is echt iets voor jou.'

Ze had gelijk en dus zei Piet:
'Nou dan maar niet.'
Zoals wij allemaal, dat ligt zo in de lijn.
Je doet gewoon een beetje water bij de wijn.

't Bedrijf was heel dynamisch
en Piet was creatief.
Vakantie van drie weken
hij zei: 'O, asjeblief.
O, laten we gaan trekken,
Zuid-Spanje door of zo.
Of met een Ité-vliegtuig
naar de Golf van Mexico.'
Maar Ansje zei: 'Da's onzin.
de kinderen gaan mee.
Jan-Kees is wagenziek en Loes
allergisch voor de zee.

En luister nou eens, Piet. Laten we nou in januari al het pension bespreken in Lochem voor augustus, waar mijn zwager Gerard ook altijd gaat. Dat is reuze keurig en dan weet je tenminste wat je hebt...'

Ze had gelijk en dus zei Piet:
'Nou, dan maar niet.'
Zoals wij allemaal. En Lochem is ook fijn.
Je doet alweer een beetje water bij de wijn.

Maar op een dag in juni,
gewoon maar zo op straat,
ontmoette hij Heleentje.
Ze kwam vijf jaar te laat.
Ze had iets heel bijzonders.
Ze was niet zo maar zo.
Ze had in haar figuur
de hele Golf van Mexico.
Hij kon zo met haar meegaan.
Ze was van hem alleen.
Maar ja, Piet, die had kinderen
en weggaan was vond ie gemeen.

Ja, dacht Piet, weggaan is wel gemeen. En dat gelazer om de alimentatie. En je kinderen, die je maar eens in de maand te zien krijgt, worden toch maar tegen je opgezet, nee...

Zo zat dat dan en dus zei Piet:
'Ik kan het niet.'
Zoals wij allemaal; dat is bekend terrein.
Je doet enorme scheuten water bij de wijn.

't Ging in de sector goed
en Piet klom langzaam op,
hij legde soepcontacten.
Hij kwam haast in de top.
Jan-Kees moest gaan studeren.
Ze wouen oliestook.
Hij werkte heel de zaterdag

en zondagsavonds ook.
Als resultaat kreeg Ansje
een persianer-pat
en hij een grote maagzweer.
Ziezo en dat was dat...

En toen hij in het ziekenhuis vernam dat zijn zwager Gerard hoofd was geworden van de soepsector in plaats van hij, toen nam hij van het nachtkastje de bijbel en las daarin 'Alles is ijdelheid', dat was de Prediker die dat zei...

Die had gelijk en dus zei Piet:
'Nou dan maar niet.'
Zoals wij allemaal, dat ligt zo in de lijn.
Je doet alweer een beetje water bij de wijn.

De kinderen zijn de deur uit.
Piet is alleen met Ans
in een verzorgingsflatje.
Ze drinken jus d'orange.
Ze kijken televisie.
Ze vinden het maar zozo...
Soms komt er in het nieuws
een stukkie Golf van Mexico.
Dan zegt hij: 'Ik was daar altijd
zo graag eens heen gegaan.'
En zij zegt: 'Als je fut gehad had,
dan had je dat ook wel gedaan.

Nee, dan mijn zwager Gerard, die gaat volgende week op een wereldkroes, maar, ja, die heeft dan ook fut gehad.'

En toen zei Piet: 'Zo is het maar net.
Ik ga naar bed.
La, la, la, la, la, la,
la, la, la, la, la, la.

Wat zei je, Ans? Ja, ik loop weer op de achterkant van mijn schoenen; ik weet het. Het is een afschuwelijke gewoonte van me. Ik zal ze uitdoen en ik zal ze in mijn hand nemen. Ja, ik weet het Ans. Ik weet het nu al vijfendertig jaar.'

'Het zeil gaat eran!'

'Welterusten, Ansje.'

La, la, la.
En dan komt Magere Hein;
die doet het laatste scheutje water bij de wijn.

Zolang het nog kan

Ga op reis
naar een ver paradijs
zolang het nog kan.
Maak een toer
naar de Boeroeboedoer
of naar Japan, of Yucatán.

Ga een keertje Kerstmis vieren
in Botswana of Zaïre.

Trek per touringcar
dwars door Panama,
vlieg naar Zanzibar,
Nicaragua.

Ga nog iets van de wereld zien,
mevrouw en meneer,
want over een jaar of tien
kan het misschien niet meer.

Door uw leverkwaal verhinderd
en uw firma over de kop
en 't salaris is verminderd
en de koek is helemaal op.

Teken hier
dit formulier
voor tweeduizend piek
en u bent
in 'n appartement
in Mozambique, geweldig chic.

Ga naar Borneo of Banka,
maak een sexreis naar Sri Lanka.

Trek het oerwoud in
met uw camera,
wilde dieren zien
diep in Kenia.

Ga nog iets van de wereld zien,
profiteer, profiteer!
want binnen een jaar of tien
kan het geheid niet meer.

Wilde dieren uitgestorven,
revoluties overal
en de zeeën zijn bedorven,
volgestort met kernafval.

Ga op reis
naar een ver paradijs
zolang het nog kan.
't Gaat nog net,
neem een reis-pakket
naar Pakistan, of naar Taiwan.

Ga in Bangladesj ontdekken
hoe de kindjes daar verrekken.

Voor een bagatel
naar een zonnig strand,
EERSTE klas hotel,
DERDE wereldland.

Ga nog iets van de wereld zien,
mevrouw en meneer,
want over een jaar of tien
IS er geen wereld meer.

Verantwoording

Deze keuze uit het werk van Annie M. G. Schmidt kwam tot stand in nauwe samenwerking met haar zoon Flip van Duijn. De titel is ontleend aan de regels uit haar gedicht 'De baard van koning Dagobert', die exemplarisch mogen heten voor haar vernuftig spelplezier met de Nederlandse taal:

Mevrouw, uw man zijn baard is lang, maar dit zeg
ik u nu:
mijn man z'n baard is langer nog dan die van die
van u.

Aan deze uitgave liggen de twee boeken ten grondslag waarin Schmidts poëzie werd verzameld: *Tot hier toe* (1986) en *Ziezo* (1987). Dat haar 'gedichten voor volwassenen' en haar 'kinderversjes' tot dusver altijd gescheiden van elkaar zijn gepubliceerd, is begrijpelijk. *Die van die van u* beoogt evenwel de eenheid in Schmidts omvangrijke poëtische oeuvre te benadrukken en dat gebeurt hier voor het eerst. Om die reden is in dit boek van de traditionele tweedeling afgezien: of het om 'gedichten' dan wel 'verzen' of 'versjes' of zelfs 'liedjes' gaat, is nu eens niet van belang.

Door deze samenvoeging én omdat Schmidt haar werk niet of nauwelijks dateerde, bleek een iets andere indeling dan de gebruikelijke noodzakelijk. Gekozen is voor drie perioden waarvan over de chronologie geen misverstand kan bestaan, en daarbinnen voor een alfabetische volgorde met voorbijzien aan lidwoorden. 'De achteraffers' uit 1957 staat zodoende vóór 'Wladimir' uit 1954 enzovoort.

Uit esthetisch genoegen stond voor de samenstellers het boekformaat van meet af aan vast. De hiermee gepaard gaande smalle bladspiegel en de vaak lange dichtregels dwongen een keuze af tussen het overdwars afdrukken van het werk en het principe van de 'overlopende regel'. Zonder aarzelen is gekozen voor het laatste.

* * *

Lang en breed nadat *Die van die van u* verschenen was, dook het gedicht 'De wijsgeren' op. Het was jarenlang 'verstopt' gebleven in het vrijwel onvindbare gelegenheidsboekje *Van A tot Z* dat bij drukkerij vh L.E. Bosch & Zn, Utrecht, in de namiddag van 18 april 1953 door enkele schrijvers en drukkers in elkaar is gezet onder redactie van Simon Carmiggelt, Max Dendermonde en Jaap Romijn.

Het kan geen toeval zijn dat uitgever Geert van Oorschot zowel in Schmidts 'De wijsgeren' als in 'De minor poet' van Carmiggelt voorkomt, dat een van de aanleidingen was voor diens in 2013 verschenen boekje *Gedundrukt* en aldaar prijkt op de achterkant van het stofomslag.

Omdat 'De wijsgeren' niet zonder forse ingrepen alsnog in *Die van die van u* kon worden opgenomen, is ook dit gedicht op de achterkant van het stofomslag gezet.

Inhoud

1951–1959

Colofon

Die van die van u van Annie M.G. Schmidt, een keuze uit haar gedichten, werd in opdracht van uitgeverij Van Oorschot gezet uit de Arno door Perfect Service te Schoonhoven, gedrukt door Ten Brink te Meppel op 65 grams Primapage Ivoire en gebonden door Boekbinderij Van Waarden te Zaandam. Het ontwerp voor band en omslag is van Gerrit Noordzij.

Eerste druk augustus 2014
Tweede druk september 2014
Derde druk oktober 2014